在大理石悬崖上
AUF DEN MARMORKLIPPEN

[德]恩斯特·容格尔 著 秦文汶 译 魏育青 校

人民文学出版社

著作权合同登记号　图字 01-2018-6380

Ernst Jünger
AUF DEN MARMORKLIPPEN
© klett-Cotta – 1939, 1978 J. G. Cotta'sche Buchhandlung Nachfolger GmbH, Stuttgart
Simplified Chinese translation copyright © People's Literature Publishing House, Beijing, 2018

图书在版编目(CIP)数据

在大理石悬崖上/(德)恩斯特·容格尔著;秦文汶译.—北京:人民文学出版社,2018
ISBN 978-7-02-014409-9

Ⅰ.①在… Ⅱ.①恩…②秦… Ⅲ.①长篇小说—德国—现代 Ⅳ.①I516.45

中国版本图书馆 CIP 数据核字(2018)第 143988 号

责任编辑	欧阳韬
装帧设计	黄云香
责任印制	王重艺

出版发行	人民文学出版社
社　　址	北京市朝内大街 166 号
邮政编码	100705
网　　址	http://www.rw-cn.com
印　　刷	三河市中晟雅豪印务有限公司
经　　销	全国新华书店等
字　　数	73 千字
开　　本	850 毫米×1168 毫米　1/32
印　　张	6　插页 1
印　　数	1—8000
版　　次	2019 年 6 月北京第 1 版
印　　次	2019 年 6 月第 1 次印刷
书　　号	978-7-02-014409-9
定　　价	42.00 元

如有印装质量问题,请与本社图书销售中心调换。电话:01065233595

一

有时候,我们一想起旧日的欢乐,心头便会忧伤难抑,这般感受,你们所有人想必都很熟悉。那些岁月已然逝去,再也无从挽回;我们就此与之别离,个中残酷远胜海角天涯之隔。过往的一幕一幕,如今仅余回光,反倒更显诱人;我们追忆那些情景,就仿佛追忆死去的爱人那长眠地底的身躯,那副胴体,而今宛若蜃景一般,焕发出更高、更精神化的光彩,令人战栗不已。我们在渴盼的梦中,一遍遍探触着往昔,探触着它的每一点细节、每一缕皱褶。这样一来便不难发现,我们当初似乎并未斟满生活与爱情之杯,可无论怎样悔恨,错失的终究无法重来。哦,但愿每逢欣悦之时,我们都能以此为鉴!

　　我们度过的那些年头,无论阴历年还是阳历年,倘若终止于突如其来的恐惧,那么回想起来便会愈加甘美。此时我们方才恍悟,对我等凡人而言,只消能在小群体里安居度日,谈笑风生,每天早晚亲切地互致问候,就已经算得上幸运了。唉,我们总要太晚才明白,得享如此人生,已是莫大的福分。

　　我正是这样怀想着居于大湖边的时光——惟经追忆,那段日子才显得格外动人。不过,当初也有些远愁近虑,使我们的生活为之黯淡,其中最要紧的,是必须时时提防最高林务官。所以当时,我们虽未在神前立过什么誓言,却仍旧衣着朴素,过得颇为清苦。然而一年两度,我们会翻检衣服的红衬里,看它是否破损,春天一回,秋天一回。

　　每到秋天,我们便如贤哲般开怀畅饮,向美酒致敬。葡萄酒产自大湖南岸的山坡,果园中,红叶与深紫的葡萄之间,传来果农戏谑的呼喊;小村镇里，榨汁器开始嘎嘎作响，新鲜的葡萄渣散出发酵的气味，弥漫于农庄周围；到了这时，我们就下山去，找上酒馆老板、酒窖主和果农，跟他们一道用凸肚杯喝酒。我们总在山下遇见快活的酒伴，这地方富庶而美丽，人们悠闲自在、无忧无虑，个个风趣诙谐。

一晚接一晚，我们坐在桌边，喜滋滋地享用美餐。那些日子，葡萄园看守蒙着脸，手提拨浪鼓与猎枪，从早到晚在园内巡逻，不让贪嘴的鸟儿偷吃葡萄。待得夜深，他们便拎着战利品回家，有鹌鹑，有带斑点的鸫鸟，也有姬鹟。不一会儿，这些禽鸟就用葡萄叶铺着，盛在大碗里，端上桌来。我们还喜欢就着初酿的酒，吃烤栗子和新鲜的核桃，尤其爱吃美味的菌菇——人们会牵着狗，到林中搜寻雪白的松露、鲜嫩的羊肚菌，还有红色的橙盖鹅膏菌。

只要蜜色的酒液依然甘美，我们就其乐融融地围坐一桌，交谈起来心平气和，还常把胳膊搭在

Auf den Marmorklippen

邻座的肩上。可一旦酒劲上涌,开始抛却尘俗的成分,我们体内的活力就一跃而苏醒了。随之而来的是堂皇的决斗,以笑声作武器一决胜负;决斗双方俱是头脑灵活,思维奔放,惟有享受过悠长闲适的生涯,方能臻至如此境界。

连珠妙语中,时间匆匆流逝,但相比之下,餐后的时光更叫人珍惜。彼时,我们醉醺醺地踏上回家路,穿过寂静的果园与田野,缤纷的叶间已降下了晨露。步出小镇的城门,右侧是亮闪闪的湖岸,左侧则有大理石悬崖拔地而起,在月光下熠熠生辉。湖岸与悬崖之间,种植葡萄的丘陵逶迤伸展,小路通向山坡,隐没其间。

这些小路连接着回忆,回忆里的酒醒时分,澄明而惊人,令我们又是畏怯,又是欢喜。那一刻,我们仿佛从生命的深渊浮起,探出了水面。幽暗的醉意深处,陡然闪现一幅形象,宛如砰然叩击,将我们从沉睡中唤醒——那形象或许是一支羊角,被农民挂在长杆上,插进自家的园地;或许是一只雕鸮,睁着金黄的眼睛,蹲踞在谷仓的屋脊上;又或许是一颗流星,嗖的一声划过天穹。无论何种情形,我们都会呆若木鸡,体内涌过一阵寒噤。而后,我们似乎获得了一种崭新的感官,来观看这方土地;我们的双眼仿佛能穿透玻璃般的地面,看到地底埋藏着光亮的矿脉,有黄金,有水晶。接着,众鬼魂聚拢过来,灰白缥缈,它们是这里的土著,早在修道院的钟声鸣响之前,早在犁铧翻开泥土之前,它们便栖居于此。鬼魂迟疑着靠近我们,面孔粗笨,神情既欢快,又可怖,两者不可思议地融于一处。栽种葡萄的土地上,我们看见它们,不禁毛骨悚然,却也深为感动。有那么一会儿,我们觉得鬼魂想说些什么,可它们很快消失无踪,仿若一缕轻烟。

我们默然无语,走过一段短途,返回芸香隐庐。藏书室里点起灯来,四目相对,我看见弟弟奥托的脸上映出明亮的光芒,犹如一面镜子,使我一望而知,这场相逢并非幻觉。我们一言不发地握了手,我便上楼进了标本收藏室。此后,我们也再没谈及鬼魂的事。

来到楼上,我久久坐在敞开的窗前,喜不自胜,我从心底感受到,生命力的金线从纺锤上蜿蜒舒展。然后,高原上升起了朝阳,大地灿然生光,直至勃艮第①的边界。荒凉的绝壁与冰川上,红白二色交相闪耀;湖面有如绿镜,倒映出水边高岸,微微颤动。

尖尖的山墙上,赭红尾鸲开始了新一天的生活,它们正喂养第二窝雏鸟。饥饿的幼鸟唧唧直叫,听来好似数刀齐磨。湖边的芦苇丛中飞起一群野鸭,果园里,燕雀与金翅雀啄食着最后几颗葡萄。而后,我便听见藏书室的门开了,奥托走进花园,去照料百合花。

---

① 法国中东部地区,盛产葡萄酒。

二

然而每到春天,我们会按照当地风俗,像愚人一样纵情痛饮。我们戴上硬邦邦的鸟嘴面具,穿起五颜六色的大罩衫,缀有亮晶晶的布条,宛如鸟羽。之后,我们就踏着愚人狂欢的步子,振翅般挥舞着双臂,蹦蹦跳跳地下山往小镇中去,那里古老的市集上,已经竖起了高高的愚人树。火把的光芒中,面具游行开始了;男人模仿禽鸟行进,女人身披百年前的霓裳。她们捏着八音钟似的高亢嗓子,朝我们喊些逗趣的话,我们则答以尖锐的鸟鸣。

我们原还流连于酒馆与酒窖之间,此刻却也为这百鸟巡游吸引——金翅雀尖厉的笛音,仓鸮铮铮的齐特琴,雄松鸡喑哑的低音提琴,还有吱吱嘎嘎的手风琴,那是一群戴胜,正为拙劣的诗句配乐。我和奥托加入了黑啄木鸟的队伍,众人用菜勺敲打木桶,奏出进行曲,还召开愚人议事会,举行愚人审判。此时饮酒须得小心,因为我们只能用麦秆插进杯子,从鸟嘴面具的鼻孔里吸酒。若是醺然欲醉,我们就去散步,穿过花园,跨过城墙边的壕沟,借此恢复精神。也可以漫步前往舞场,或是找家酒馆的门廊,摘去面具,再寻一位萍水情人作陪,就着凸肚锅,品尝勃艮第风味的蜗牛。

从暗巷到湖边,从栗树林到葡萄园,从漆黑湖面上点着灯笼的小艇,到墓地里高大的柏树林,刺耳的鸟鸣彻夜不息,响彻全镇,直至黎明。时有惊呼声作一应答,稍纵即逝,犹如回音。此地的女性容貌秀丽,生性慷慨,最高林务官称之为施与的美德。

你们可知,回首之时令人泪下的,并非人生的诸般苦痛,而是恣意的嬉闹、不羁的丰足。正因如此,当初戏仿的鸟啼,至今仍在我耳畔回响;而劳莱塔在城墙边撞见我时,那一声压低的惊叫,我更是记忆犹新。当时,她身穿洁白钟式裙,镶有金绳边,遮住了肢体;头戴珍珠母面具,掩盖了脸庞。但凭着她扭臀的步态,我立刻就在昏黑的林荫道上认出了她来。于是,我机灵地躲到树后,忽然学起啄木鸟的磔磔怪笑,将她吓了一大跳。我扇动宽大的黑袍袖,一路紧追着她,直跑到山上。葡萄地里竖着罗马石碑,在那里,我终于捉住了筋疲力尽的她,颤巍巍地拥她入怀,火红的面具俯到她脸上。她在我怀里安静下来,仿佛沉入梦境,又似中了魔法;我察觉了,不由得生出一股怜惜,微微笑着,伸手将鸟嘴面具掀上额头。

她也笑了起来,把手轻轻搁到我嘴上——那动作如此轻柔,四下里悄然无声,只听见我的呼吸穿过她指缝的声音。

三

但除此之外，我们日日幽居芸香隐庐，与世隔绝。隐庐位于大理石悬崖边缘一座石岛中间，栽植葡萄的土地上，常有此类石岛凸起。岩壁上辟出数条窄带，充作花园，园墙松松砌就，墙边野草蔓生，这一带土壤肥沃，本就百草丰茂。花园中，每到春天，葡萄风信子便竞相开放，花朵宛如蓝色珠串；秋风起时，酸浆又会结果，红灯笼一般晶亮，叫人赏心悦目。然而一年四季，都有银绿的芸香环绕着屋舍与花园，旭日高照时，芸香丛中幽香缭绕，袅袅升腾。

正午时分，热浪炙烤着果园中的葡萄，隐庐内却是一片清凉，令人神清气爽，因为此处按南方的样式，以彩石铺地，有些居室还嵌入了岩壁。不过中午前后，我也喜欢四肢伸展躺在露台上，半睡半醒之间，聆听清脆的蝉鸣。随后，凤蝶飞临园中，向碟形的野胡萝卜花扑去；悬崖的岩石上，珍珠蜥蜴沐浴着阳光。终于，烈日将蛇径的白沙晒得灼灼发亮，枪蝰缓缓游上前去，不多时便遮没了蛇径，仿佛象形文字覆满纸莎草卷。

枪蝰为数众多，栖身于芸香隐庐的沟缝罅隙，我们对这群生灵并无惧意；它们白天五彩纷呈，夜间则求偶交欢，伴以尖细的嘶鸣，反倒使我们心旷神怡。我们时常稍稍提起衣摆，从它们头顶跨过，遇上怕蛇的访客，则会用脚将它们拨到路边。不过，陪客人踏上蛇径时，我们总要牵着他们的手。漫步蛇径，我们顿生自由之感，仿佛跳着熟练的舞步；而与访客同行其上时，我往往发现，这感受似乎也传递给了他们。

诸多缘由集于一处，方使我们与枪蝰如此熟稔，可若没有老厨娘兰普莎，我们断不会知悉蛇类的生活习性。每到夏日傍晚,兰普莎必定盛上一银罐牛奶,放在岩壁厨房门口,继而沉声呼唤,将蛇吸引过来。落日余晖中,园内遍布虬曲的蛇影,金光闪动;百合花畦的黑土,低矮的银绿色芸香,乃至高高的榛子树和接骨木丛,处处皆有枪蝰盘桓。群蛇随即围到奶罐四周,组成燃烧的火环标记,开始享用祭品。

　　从很早开始,兰普莎出来喂蛇,就总将小埃里奥抱在怀中,她唤蛇,孩子也用稚嫩的嗓音跟着唤。一天傍晚,尚在蹒跚学步的埃里奥拖着奶罐走到屋外,令我大惊失色。这孩子拿一把梨木勺敲打罐沿,亮闪闪的红蛇便从悬崖的沟壑中蜿蜒而出。厨房前院踩实的黏土地上,埃里奥站在蛇群中间,咯咯地笑,而我明明清醒,却似身在梦中。群蛇半直起身子,围着孩子嬉戏,在他头顶上方,沉甸甸的楔形蛇头摇摆如飞。我僵立在阳台上,不敢出声呼唤我的埃里奥,好比眼睁睁看人在陡峭的屋脊上梦游。就在那时,我瞥见兰普莎站在岩壁厨房门前,双臂交抱,脸上微微含笑。一看到她,燃眉之急顷刻消散,我终于放下心来,顿觉一阵舒畅。

自从那天傍晚,就改由埃里奥为我们敲晚钟了。击罐声一起,我们就搁下手头的工作,欢欢喜喜地看他喂蛇。奥托奔出藏书室,我跑出标本收藏室,来到廊台上,兰普莎也从灶旁走来,听着孩子的声音,神色既骄傲,又温柔。埃里奥热心维持着蛇群的秩序,叫我们忍俊不禁。没过多久,每条蛇的名字,这孩子都喊得出;他穿一件蓝镶金的天鹅绒小外套,在蛇群里东奔西走。他还分外留心,好让所有的蛇都喝到牛奶,有些蛇来得晚了,就由他出手,为它们在奶罐边辟出一席之地。只见他伸出梨木勺,敲在那些喝得正欢的蛇头上,若对方不肯立即退却,他便一把抓住蛇后颈,使出全力将其拽走。他抓蛇极其粗暴,群蛇却始终对他俯首帖耳,就连蛇类异常敏感的蜕皮期亦无例外。须知蜕皮期内,牧人绝不会去大理石悬崖附近的草

13

场放牧,一旦被蛇咬中,最强壮的公牛也会瞬间倒毙。

有一条最大最美的蛇,我和奥托叫它格里芬①,依照果农的传说,早在远古时期,它就盘踞于此地的石缝中。这条蛇也最得埃里奥钟爱。一般而言,枪蝰的躯体呈金属般的红色,鳞片光泽明亮,近似黄铜。格里芬却是通体金光,纯正无瑕,在其头部,金黄渐转为宝石绿,光辉也愈加夺目。发起怒来,蛇颈鼓胀成盾牌状,攻击时闪耀如金镜。其他枪蝰似乎对格里芬满怀敬畏,在它饱饮之前,绝无一条蛇敢碰奶罐。埃里奥却能随意逗弄它,而它则像猫儿一样,把尖脑袋在孩子的外套上来回磨蹭。

喂完了蛇,兰普莎就端上晚餐来,包括两杯劣酒,以及两片加盐的黑面包。

---

① 即狮鹫,神话中鹰首狮身、背生双翼的动物,常被视为万兽之王。

四

  穿过露台的玻璃门,便进到藏书室。宜人的早晨,这扇门总是敞开着,如此一来,奥托坐在大书桌前,也仿佛身处花园一角。我常喜欢走进藏书室,天花板上叶影婆娑,绿意盎然;满室寂静之中,但闻屋外雏鸟啁啾,近处则有群蜂营营。

  窗边支着画架,托起一块大画板;墙边堆满一列列书籍,直摞到天花板。最底下是一个高高的壁龛,专放大开本的古籍,例如《世界园林植物》这般皇皇巨著,抑或业已绝版的手绘本。壁龛上方凸出数口书柜,装有抽屉,更增其容量。柜内铺满零散的纸张,以及发黄的叶片标本,深色嵌板上还陈列着一系列植物化石,均由我们亲手发掘自石灰和煤矿矿井。化石之间散布各式水晶，既可充作装饰，沉思深谈之时，也不妨捏在手里把玩。再往上便是小开本的植物学藏书，虽非面面俱到，但只要涉及百合，必定巨细靡遗。这部分藏书又分三类，分别研究植物的形、色、香三方面。

书堆一路延伸至小厅，又循梯而上，直抵二楼的标本收藏室。在那里，神学家、思想家、经典作家，古今大师荟萃一堂，另有卷帙浩繁的词典和百科全书。夜复一夜，我与奥托相聚于小厅，壁炉里点着干枯的葡萄枝，一簇火苗忽明忽暗。倘使白天工作顺利，到了晚上，我们便聊些轻松的话题权当消遣，这类谈天遵循既有路线，也认可现有的资料与权威。学问上的细枝末节，或罕见或荒谬的引语，全被我们拿来取乐。谑浪之间，满室藏书化作无数缄默的奴仆，身裹皮革或羊皮纸，尽心竭力为我们效劳。

而后，我通常早早上到标本收藏室，继续工作，不觉已过夜半。迁居隐庐时，我们差人为此屋细细铺了木地板,再摆上长排橱柜。柜中堆放的叶片标本数以千计,其中极少为我们亲自采集,多数都出自久已作古的前人之手。有时,我在此找寻某种植物,甚至会不期然翻出几张标本页,纸张因年代久远转为黄褐,上有林奈①大师褪色的签名。从暮至朝,我一张张填写卡片,建立索引,并不断扩充——从庞杂的藏品目录开始,继之以《小植物志》,大湖地区的所有发现,我们都详加记录。第二天,奥托会参照书本,审阅这些卡片,为许多卡片加注、上色。就这样,我们的作品渐次生长;单是它的诞生,就足令我们欣喜万分了。

只要自己心中满足,纵使这尘世如何吝于施舍,我们的感官也已别无他求。我素来热爱植物王国,曾多年云游四方,汲汲探求其中的神奇。我多少次目睹花开,了悟那其中呈现的,正是每一颗

---

① 指卡尔·封·林奈(1707—1778),瑞典植物学家、动物学家,被尊为现代生物分类学之父。

Auf den Marmorklippen

种子深藏的奥秘,霎时间,心跳都为之停顿。然而,我离生长之美最近的地方,却是这间充满枯叶气息的屋子。

就寝之前,我会在屋子中间的窄道上,来来回回踱上一会儿步。夜深人静,我总觉植物比昼间愈发灿烂,也愈发瑰丽。远远地,我还闻到了一股清香,来自冬春之交的阿拉伯沙漠,山谷中星星点点,遍布洁白的荆棘;我又嗅到香荚兰的芬芳,弥散于枝形烛台状森林无荫的酷暑中,使浪游者疲惫顿消。随后,回忆如一册旧书徐徐翻开,杂花乱草间度过的光阴,一时历历在目——我想起王莲盛开的炎热沼泽,想起正午远眺棕榈海岸,海边的树林伸开灰白的支柱根,袅袅生烟。大自然的生长狂野无度,宛若一尊千手神像,无比诱人,在它面前,人们永远心存敬畏;但此刻我却浑然不惧,反而感到,随着我们的研究逐步进展,有一种力量也日趋壮大,那力量可以承受灼热的生命之力,进而将它驯服,就好比手握缰绳,驾驭骏马。

标本收藏室中有张狭窄的折叠床,待我躺到床上,窗外往往已是曙色微明。

五

兰普莎的厨房深深凹入岩壁之中。过去,这类岩洞是牧人的庇护所与憩息地,后来,洞穴成了农庄的一部分,仿若巨人的居室。每天清早,老厨娘便来到灶边,为埃里奥煮早餐的汤。厨房还连通深处的拱顶地窖,那里弥漫着牛奶和水果的气味,滴落的酒液散出醇香。我很少涉足芸香隐庐的这一区域,因为一接近兰普莎,我就心生不安,倒不如回避为好。埃里奥却熟悉这里的每个角落。

奥托也常与老厨娘一起站在灶旁。埃里奥为我的生活添了多少快乐,这都要归功于奥托。埃里奥是兰普莎之女希尔维娅的私生子。当年,我们效力于紫衣骑兵团,与高原上的自由民作战,最后以失败告终。我们骑马去隘口时,常看到兰普莎站在小屋门前,身边是苗条的希尔维娅,头缠红巾,腰系红裙。她从发间摘下一朵石竹,掷在路上;我自尘埃中拾起这花,被一旁的奥托看在眼里。待到继续上路,他便谆谆告诫,要我小心那一老一少两个巫女——他虽语带讥嘲,话音中却也暗含忧虑。方才兰普莎打量着我,忽地嘿嘿一笑,在我看来,倒是她那笑声更为可厌,听起来真像个无耻的鸨母。然而没过多久,我就成了她屋里的常客。

退役后,我们回到大湖边,迁入芸香隐庐。就在那时,我们听闻孩子出生了,而希尔维娅抛下孩子,跟着一群陌生人不知去向。对我而言,这消息来得当真不是时候——我刚刚脱离征战之苦,正打算静心从事研究,就此开启一段新的人生。

因此,我委托奥托全权处理此事,让他去找兰普莎,同她谈一谈,她提出的要求,但凡他认为合理,就尽管接受。谁知他当即将孩子和兰普莎一道接回家来,令我大吃一惊;但我很快发现,对我们所有人,这都不啻一桩幸事。能使往事圆满的,无疑是正当的行为。于是,我换了一种眼光,重新审视希尔维娅的爱。我发现,自己从前一直对她和她母亲抱有偏见,我既认定她轻薄,便也轻薄待她,好比路边有块闪光的宝石,行人却只当它是玻璃。殊不知珍贵之物,尽属偶得;所谓至宝,本是无价。

当然,要让一切恢复正轨,还需依靠奥托那样毫无成见的人。他天性如此,无论谁与我们结交,他都待之如漫游途中的稀世发现;这是他为人的准则。他喜欢把人称作"贵人",意即人人都是世间天生的贵族,都可能给予我们至高的馈赠。在他眼中,人乃是满载神迹的容器,何等高贵,他理当敬之如王侯。而我的确发现,所有亲近他的人,都像植物自寒冬的沉眠中苏醒,抽枝拔叶,发荣滋长——他们不是变得更好,而是变得更接近自我。

甫一入住，兰普莎就开始操持家务。她干起活来轻松自如，也擅长侍弄花草。我和奥托栽种时都循规蹈矩，她则是随便找处地方埋下种子，然后听任野草蔓生，不加修剪。可到头来，她明明没费什么力气，收获的种子和果实却足有我们三倍之多。我们的花畦上插有椭圆的小瓷牌，奥托以优雅的标签体，在牌上注明植物的名称与品种；兰普莎每每端详这些瓷牌，嘴边挂着讥讽的微笑，露出仅剩的一颗大门牙，好似野猪的獠牙一般。

我学着埃里奥，将她称作外婆，但她几乎只同我谈些家务事，而且往往言辞愚钝，口吻近似管家。我们从未提起过希尔维娅。即便如此，城墙边那一夜之后，第二天晚上，劳莱塔来家里接我，我仍觉得很不自在。兰普莎却显得格外高兴，忙忙地端上葡萄酒、糖果和甜蛋糕来，招待客人。

面对埃里奥，我既深感生父的天性之喜，也倍享养父的精神之欢。埃里奥性情安静专注,我们都很喜欢。在自己的一方小天地里,孩子看到什么,便爱模仿什么,埃里奥也不例外。他很早就对植物萌生了兴趣,时常坐在露台上,久久盯着一朵将即将绽放的百合花;花儿一开,他就急忙冲进藏书室告诉奥托,好让他欢喜。拂晓时分,他还喜欢站在大理石水池边,那里种有日本睡莲,初阳的光辉会催开花蕾,发出些微声响。标本收藏室中,我也为他摆了一张小椅子——他常常端坐椅中,观看我工作。一见他静静地坐在身旁,我就不由得精神一振,那小小的身躯中,仿佛燃着深沉明快的生命之火,为万物抹上一层全新的光芒。动物似乎都亲近他,我在花园里遇到他时,总看见红色的甲虫围着他飞舞,就是人们唤作弗丽嘉子鸡①的;它们在他手上爬行,绕着他的头发嬉戏。此外还有一桩奇事:唤蛇的若是兰普莎,枪蛭会将奶罐团

---

① 弗丽嘉,北欧神话中的女神,主神奥丁之妻。

团围住,织成一张亮闪闪的网;而换作埃里奥时,群蛇则会组成一个放射状的圆盘。最先注意到这一点的是奥托。

结果,我们的生活与设想中截然不同。但我们不久就发现,这差异反而对工作有利。

六

　　我们返回时已立下一番计划,要对植物作深入研究,于是,我们便根据素有成效的思想方法,从呼吸和营养两方面入手。与世间万物一样,植物也在对我们说话,但须得知觉敏锐,方能理解它们的语言。草木枯荣之中,固然包蕴着一切造物皆不可免的假象,但表象之下,自有永恒不易的本质待人察知。为此应当磨利眼光,这般技艺,奥托称之为"吸尽时光"——然而在他看来,只要尚处尘世,未抵死亡彼岸,时光便无法全然吸尽。

　　迁入新居后,我们颇不情愿地发现,研究课题有所扩展。或许是芸香隐庐天清气朗,令我们有了新的思考方向,正如纯氧之中,火焰更笔直、更明亮。仅仅数周,我就察觉外物悄然改变——起初,我只觉语言日渐贫乏,遂将这种变化视为不足。

一天清晨,我站在露台上眺望大湖,发觉湖水较往日更深、更亮,仿佛我初次睁开了澄明的眼睛,观看这番景象。刹那间,我几近痛苦地感到,词语兀自脱离了现象,如同一把弓绷得太紧,崩断了弓弦。我窥见的,乃是这世界七彩面纱的一角;从那一刻起,我再不能将舌头运用自如了。但与此同时,新的意识也开始觉醒。婴孩初见母体外的光明,必定伸出双手,抓握摸探;我也宛若赤子一般,苦寻着言语、搜罗着形象,好驾驭万物那崭新而耀眼的光辉。我何曾料到,言说竟会如此艰难,可昔日轻松无拘的生活,我倒并不留恋。人若自认有飞天之能,则宁肯笨拙地连蹦带跳,也不愿再安循旧路。或许正因如此,我搜索枯肠时常觉头晕目眩。

在陌生的路上行走,极易失却分寸。所幸有

奥托相伴,与我一起小心前行。我若参透了一个词语,不及掷下手中的笔,便飞奔下楼去找他;而他得了这等喜讯,也总上到标本收藏室来告诉我。我们还喜欢取些小纸条,随手写上三四个句子,略带诗韵,称之为"原型"。经由它们,可以捕捉大千世界的一星碎屑,好比一块石头,嵌入金属之中。制作原型时,我们亦从植物着手,又不断复归这一领域。我们以此描述事物及其变化,从沙砾到悬崖,由分秒而四季。到了晚上,我们悄悄交换各自的纸条,读过之后,就丢入壁炉焚毁。

很快,我们便感到生活充满动力,重又有了信心。词语既是国王,又是巫师。我们奉林奈为伟大先驱,他曾手握词语的权杖,步入杂乱无章的动植物世界。他长久统治着花开的草地、虫豸的大军,比一切挥剑斩获的帝国都更神奇。

依据林奈的榜样,我们也猜到,自然元素之中有秩序统御,因为人类虽才智低微,心底却渴望模仿神的造物,就像鸟儿渴望筑巢一样。而诸般辛劳也回报颇丰,我们终于领悟到,世事纷乱难测之下,永远潜藏着尺度与规则。我们不懈攀缘,逐渐接近那尘封的奥秘。山峦之上,每登高一步,地平线的芜杂便消隐一分,若攀得足够高,则无论立于何处,都有纯粹之环四面包绕,将我们与永恒融为一体。

的确,我们的一切努力,不过如学徒初习技艺,蒙童始学拼写。可我们仍自得其乐,志存高远者皆是如此。大湖边的土地虽褪去了夺目光芒,却更显清晰,带上了演绎推理的色彩。时日汤汤而逝,仿若高堤下的湍流。间或西风吹起,我们便预感将有灿烂的欢乐。

然而最重要的是,我们心头的恐惧稍稍消减了。恐惧像沼泽中升腾的雾气,使人心神迷惘、惶惶不安。后来,最高林务官在此地掌权,恐惧日趋扩散,那时,我们如何竟能工作不辍?想来正是由于那欢乐的预感,在这般光辉照耀下,一切幻象都烟消云散。

七

我们很早就认识最高林务官,当时,他是"毛里塔尼亚"协会的老会员。我们常在集会上见到他,晚上有时还与他一起打牌饮酒。他这样的人,"毛里塔尼亚"会员既尊之为巨子,又稍感可笑——一位骑兵后备役的老上校,偶尔离开农庄造访军营,也会被团中部下如此看待。他总穿一件绿色大礼服,绣着金黄的冬青树叶,极为引人注目;仅凭这身打扮,他就足以令人印象深刻。

据说此人家财万贯,他在城中宅邸摆下筵席,也是极尽豪奢。席间,众人按旧俗狂饮暴食,黄金堆积如山,压弯了橡木大赌桌的桌面。他还在各处小别墅里,举行著名的亚洲式派对,参与者都是他的亲信。我常有机会接近他，近观之下，但觉一股古老的权力气息，自他掌管的森林吹来，笼罩在他身周。他虽天性刻板，我那时却也并不反感，因为随着时间推移，"毛里塔尼亚"会员个个都沾染了那种机械的性格。这一特质主要体现于目光之中。最高林务官的眼里，闪烁着一种可怕的和蔼，笑起来尤为明显。他双目泛红，如同长年的酒徒，但眼神又显出狡诈，显出坚不可摧的力量，有时则充满自信。彼时在他身边，我们深感惬意；我们目空一切，出入于世间当权者的盛宴。

后来，奥托曾谈及我们的"毛里塔尼亚"岁月，他说，人必先执迷小错，方才铸成大错。想起当初受协会吸引时，我们身处何等境况，奥托所言便更显合理。人生衰颓之时，生命内部原有的形式消失无踪。一旦身陷其中，便会丧失平衡，来回踉跄。我们从麻木的欢悦堕入麻木的痛苦，意识到失落，这意识始终鼓舞着我们，它映照出未来与往昔，使之更显诱人。我们不是踯躅于已逝的过

Auf den Marmorklippen

往,就是彷徨于遥远的空想,却任凭当下的每一刻悄然流逝。

我们察觉了这一弊端,开始拼力挣脱困境。我们渴盼着当下,渴盼着现实,为了摆脱空虚,不惜履冰蹈火、上天入地。怀疑与充实一旦合到一处,我们往往就会投入力量的怀抱——而力量不正是那永恒的钟摆,无论日夜,都推着时间的指针向前?因此,我们开始梦想着权力,梦想着支配,梦想那些形式勇敢地排成队列,相向前进,为了生存作殊死一搏,哪管结局是毁灭还是胜利。我们兴致勃勃研究这些形式,就像观察抛光的金属那深色镜面上,酸液留下的蚀痕。我们既有如此倾向,"毛里塔尼亚"会员便来结交我们。介绍我们入会的是个佣兵队长,曾镇压过伊比利亚[①]数省的大暴动。

倘若了解秘密团体的历史,便知其规模极难

---

① 欧洲西南部半岛,包含西班牙、葡萄牙、安道尔等国。

估算。此类组织又公认分支众多、场所遍布，要想一一追溯，必定很快就陷入迷宫，渺无头绪。"毛里塔尼亚"协会亦是如此。集会上，分属敌对团体的会员竟能平和交谈，新人见了尤觉惊异。协会领袖的目的之一，是艺术般处理世间事务。这班人主张效仿神明，毫无激情地运用权力，而与此相应，协会学校培养出的人，个个头脑清晰、思想自由，却始终极其可怕。不论投身暴乱，抑或守护秩序，只要他们取胜，则必是作为"毛里塔尼亚"的一员。协会有句骄傲的口号叫"永远胜利"，这口号不是它的四肢，而是它的头脑、它的教义。时代潮流汹涌激荡，协会却兀自屹立不倒，步入它的府邸与宫殿，便是踏上了坚实的土地。

但我们盘桓会中，并非为了享受安宁。人一旦失去支撑，就开始为恐惧所吞噬，被这股涡流裹挟而去。可"毛里塔尼亚"却仿佛风暴中心，始终一片平静。据说，人坠下深渊时，会将万物看得纤毫毕现，就像戴了格外清晰的眼镜。置身"毛里塔尼亚"极尽邪恶的氛围之中,也能获得这般目力,还不必体会坠崖的恐惧。毕竟,恐怖笼罩一切之时,人的思维会愈发冷静,精神上也更加超脱。大难临头,人反倒心情愉悦,还爱戏谑灾祸,好比赌场老板没了赌客,反而以此调侃。

  当时我看得明白,此地的大城市中,一直笼罩着恐慌的阴影,而与之相应的,便是少数人莽勇的自负;他们宛如鹰隼,盘旋在阴郁的苦难上空。有一回,我们与那佣兵队长共饮,他望着湿漉漉的高脚杯,好似盯着一面魔镜,镜中映出昔日的时光。他一边凝视,一边若有所思道:"那天夜里,我们将萨贡托①付之一炬,战车旁,那些人递给我们香槟。我再没喝过比那更好的香槟。"闻听此言,我们不由暗忖:"宁愿与此人一同殒命,也远胜苟活于怯懦匍匐的人群。"

  我离题了,言归正传。与"毛里塔尼亚"会员

---

① 西班牙东部城市。

相处,可以学到不少消遣方式,我们的精神本已毫无约束,连嘲讽都觉厌倦;在这里,精神却能重获满足。在这里,世界不过是一张为外行绘制的地图,配有圆规和光亮的仪器,让人操作时乐在其中。集会场所敞亮通透,极为抽象,此处竟有最高林务官这样的人,实在是咄咄怪事。然而,每当自由精神建起王城,这些土著也总会尾随而至,像蛇游向篝火。他们熟知权力,认为时机已至,可以重建向往已久的暴政。于是,庞大的协会之中,暗道与地窖相继出现,它们的功用,历史学家根本猜想不到。而后,微妙的斗争也纷至沓来,爆发于权力内部,形象与思想缠斗不休,偶像和精神鏖战不止。

此类纷争之中,必然有人获知,世间的诡诈究竟从何发端。我也有过类似经历,当时,佛尔图尼奥下落不明,为寻找他,我闯入了最高林务官的猎区。自那时起我便明白,无论何般狂妄,终究都有界限;从此,我再不踏入那幽暗的森林边缘。最高林务官爱把那里称作他的"条顿堡森林"①,他面上装得忠厚,背地里却暗设陷阱,在这方面,他着实堪称高手。

---

① 德国西北部山脉。公元 9 年,日耳曼军在首领阿米尼乌斯率领下,于此地伏击罗马将领瓦卢斯所部三个军团,将其全歼。

八

搜寻佛尔图尼奥时,我进入了森林北缘,林子南端则延伸至勃艮第地区,距芸香隐庐不远。待我们返回,发现大湖边原有的秩序已名存实亡。这秩序从查理曼①时代延续而来,几乎丝毫无损,多少异族统治者来了又走,栽种葡萄的民众却始终正直守法。何况这里土地肥沃、出产丰美,无论统治者起初多么严苛,日后都会渐转仁慈。美就是这样影响着权力。

但高原边缘的战事,影响则更为深远;战斗之惨烈,不下于对抗土耳其大军。战祸席卷而来,犹

---

① 查理曼(约742—814,一说747/748—814),法兰克、伦巴第国王,后加冕为罗马皇帝。

如一场霜冻,直接冻裂了树干中心,造成的毁坏,往往要数年之后才显现出来。起先,大湖边的生活照常继续,似乎与往日无异,然而又大相径庭。有时候,我们站在露台上,眺望周围果园中的繁花,突然察觉一股气息,潜藏着倦怠,隐伏着混乱。恰是此刻,我们为这片土地之美深深触动,不由心头一痛。就这样,落日西沉之前,生活焕发出最后一抹亮色。

  一开始,我们几乎听不到最高林务官的消息。但奇怪的是,随着民众日趋疲弱,现实逐渐消隐,他也愈发逼近过来。起初只有些谣传,就像远方的港口瘟疫肆虐,预示着黑暗将至。后来,众人口口相传,说附近也开始发生暴力犯罪;最后,暴行终于在光天化日下上演,再也不加掩饰。山间升起浓雾,宣告暴风雨即将来临;最高林务官尚未到来,恐惧的阴云便抢先而至。他周身包裹着恐惧,我确信,他的力量存于恐惧之中,远多过存于他自己体内。惟有一切自行动摇,他方能翻云覆雨——可到了那时,他的森林早已就位,要对这块土地下手了。

登上大理石悬崖顶端,整片地区尽收眼底,最高林务官正是觊觎此地的大权。兰普莎厨房边的岩壁上,凿有一道狭窄的阶梯,我们通常由这里攀至崖顶。雨水洗净了石阶,沿着阶梯,可以上到一块凸出的石台,一览绝景。阳光灿烂时,我们会在那里久久驻足,悬崖闪现多彩光芒,因为耀眼的白岩上,渗水侵蚀之处,纷纷泛起红黄二色。悬崖上垂挂着深绿的常春藤,枝繁叶茂;潮湿的石缝中,银扇草的银叶闪闪发亮。

上山途中,脚步擦过黑莓的红卷须,绿莹莹的珍珠蜥蜴受了惊,向山顶逃去。石台上青草茂密,星星点点的蓝色龙胆点缀其间,晶洞①凹入岩壁,洞内,猫头鹰恹恹欲睡地眨着眼睛。轻捷的铁锈色鹰隼也在洞中筑巢;我们从雏鹰身畔走过,近在

---

① 晶洞为一种地质结构,指岩石中的空穴,内部含有矿物沉积。

咫尺,甚至看得清鹰喙上的鼻孔,喙上覆着细腻的皮肤,宛如一层蓝色的蜡。

山下的盆地里,葡萄在阳光下轻轻颤动;崖顶之上,空气则更加清新。热浪间或推起一阵强风,刮上山来,夹在石隙间鼓荡,发出管风琴般的旋律,又送来玫瑰、杏仁和蜜蜂花的芬芳。由山巅俯瞰,芸香隐庐的屋顶远在脚下。向南望去,大湖对岸,自由山区从高原上拔地而起,四周冰川环抱,好似一条衣带。常有雾气自水面蒸腾,掩蔽了群峰,另一些时候,空气则极为澄净,甚至辨得出山间的五针松,松树林一直延伸到山坡高处的碎石带。这样的日子,我们觉察到山中酝酿的焚风,夜间便熄掉屋内的火。

我们也时常远眺大湖中的岛屿,将它们戏称为赫斯珀里得斯[①];群岛岸边长满柏树,森然幽暗。即使寒冬腊月,岛上也不见霜雪,无花果和柑

---

① 古希腊神话中看守金苹果园的数位仙女。

橘在露天生长成熟,一年四季都有玫瑰盛开。每逢杏树开花的时节,大湖沿岸的居民便爱乘船登岛;诸岛像浅色的花瓣,在碧波中漂游。而到了秋天,人们也搭船上岛,去品尝那里的海鲂。满月之夜,这种鱼会从深水浮上湖面,一网打下,收获喜人。渔民追踪海鲂时,通常默不作声,他们认为哪怕轻轻说上一个字,也会把鱼惊走,倘若出声咒骂,则根本别想捕到鱼了。海鲂之旅总是充满欢乐,岛上不长葡萄,人们便随船带去面包和葡萄酒。大湖边秋夜凉爽,露水沾湿葡萄,预示着腐朽将至,使它们酒性更浓;岛上则绝无如此凉夜。

这般佳节里,定要瞭望大湖,方能体会何谓生活。清晨,万千声响自港边升起,幽微却又清晰,有如倒置望远镜所见的景象。我们听到城里的钟鸣,还有声声礼炮,为港中挂着花环的船舶鸣响;随即又传来虔诚信众的歌声,他们唱着圣歌去朝拜圣像;不时还有迎亲队伍的笛音遥遥飘来。寒鸦在风标旁鼓噪,公鸡打鸣,布谷鸟啼叫,猎人的仆役吹响号角,随主人出城去捕鹭鸶。无数音响升腾而至,如此神奇,如此欢快,仿佛世界不过由片片彩布拼接而成——可却又似晨间饮酒,令人心醉神迷。

山下低处,诸多小镇环绕着大湖,古罗马城墙与塔楼至今犹存;高耸其上的是泛灰的古教堂,以及墨洛温①时期的城堡。城镇之间,富庶的村庄星罗棋布,一群群鸽子绕着屋脊盘旋,磨臼上青苔遍生,到了秋天,便能看见驴子驮着谷袋拉磨。城堡矗立于高高的岩顶,修道院围着深色的墙,墙边的鲤鱼池洒满阳光,如镜面般闪亮。

我们置身山巅,鸟瞰人类的一处处建筑,有的用以栖身,有的用以取乐,有的用以储存食物,有的用以敬奉神祇;一时间,多少岁月交融于我们眼前。仿佛坟墓开启,无形的逝者重返人间。只要

---

① 墨洛温王朝,公元五至八世纪间的法兰克王国,领土主要为高卢地区,也延伸至拉埃提亚、上日耳曼尼亚、日耳曼尼亚等古罗马行省。

我们满怀挚爱,凝视这代代相传的土地,逝者就始终不离我们近旁;他们的遗产长存于石砾和垄沟之间,他们可贵的先祖精神,至今笼罩着田野与牧场。

我们背后是北方的平原,大理石悬崖犹如一道高墙,分隔开平原与大湖。春天,平原四周绿草如茵,百花盛开,牛群慢悠悠地吃草,好似在五彩泡沫中浮游。中午时分,牲口在赤杨和山杨树荫里歇息,那里潮湿凉爽,仿佛广袤原野上的绿洲;牧人常在树下生火,轻烟袅袅。平原上,大农庄零星散布,彼此相隔遥远,庄内有畜栏、有谷仓,井中还伸出高高的长杆,向饮水槽里注水。

夏天,此地热浪滚滚,雾气弥漫;而到秋季,蛇类交配的时节,这一带又成了荒芜的草场,人烟稀少,草木枯焦。平原另一侧则与沼泽地相接,那里灌木丛生,再无人居。只有些为捕鸭而建的小屋,以粗糙的芦苇搭成,散落在黑黢黢的沼泽岸边;赤杨林中嵌有隐蔽的座位,形似鸦巢。彼处已是最高林务官的领地，没过多远，地面逐渐抬升，密林便扎根于此。森林边缘，还有树丛伸入草场，宛如长长的镰刀，人们称之为"角"。

这就是目力所及，大理石悬崖周围的王国。我们自崖顶俯视，目睹这方古老土地上，生命如葡萄般滋长、结果，既受着培育，也受着规约。我们又望见此地的边界：一侧是群山，山中蛮人虽得享高度自由，却与丰足无缘；另一侧是北方的沼泽与幽林，那里盘踞着血腥的暴政。

在山顶并肩而立，我们常常思索，究竟要承受多少劳苦，才能收获谷粒，烤熟面包，又要付出多少艰辛，方能让精神安然翱翔。

九

平原上向来争斗频发,但正常的年头,几乎无人会加以注意。这种漠视不无道理,因为哪里有牧民、有草场,哪里就难免此类纷争。每年春天,牧民为尚未烙印的牲口争执,一俟旱季,他们又在水源旁斗殴。还有那些壮硕的公牛,穿着鼻环,令大湖边的女人夜梦惊魂;它们会冲进其他牛群,一路紧追,将对方逼向大理石悬崖,悬崖脚下便堆积着牛角与白骨。

关键在于,牧民群体凶悍难驯。这一行历来是父死子继、代代相传,众牧民衣衫褴褛,围坐火边,随手拾得一石半木,不加削磨,就充作武器;见此情景,便知他们与山坡上的果农何其不同。这群人仿佛生活在远古时期,既无定居,又不耕织,只跟随迁徙的牛羊,逐水草而居。与此相应,他们自有一套风俗,还怀着粗糙的正义感和公平感,恪守以牙还牙的原则。只要一个人被杀,就会煽起复仇之火,经久不息;一些族内及族间仇杀,起因早已不可考,却依旧年年有人为此丧命。这类案子野蛮而荒谬,大湖边的法官称之为"平原案件";他们并不传唤牧民出庭,而是派专员前往牧区办案。在另一些地区,则由地主的租户及大庄园主行使审判权。此外还有些自由牧民,如巴塔克家族和贝洛瓦家族,他们相当富有。

与这群粗人相处久了,也会发现他们独有的好处。尤其是热情好客这一点,无论是谁,只要坐到他们的火边,都会受到殷勤款待。被迫逃离大湖地区的人,都可以在平原上找到最初的容身之处,因此,牧民的圈子里,时常混杂着城里人的面孔。这里有躲避羁押的欠债者,有叛教的僧侣、流窜的歹徒,也不乏逃亡的大学生,多是酒酣耳热时将人捅了一刀,且不幸正中要害。另有些追求自由的年轻人,以及憧憬游牧生活的爱侣,也时常来到平原。

年年岁岁,此地都织着一张秘密的大网,超越了法律秩序的边界。倘使有人交了厄运,则平原路程既近,司法体系又不完善,堪称绝佳的避难所。落脚之后,或因时移世易,或因好友相助,多数人最终又会离开,另一些人则遁入森林,就此销声匿迹。然而高原战乱之后,原本的常规流程,却罩上了不祥的阴影。好比健康人受些轻微伤,几乎难以察觉;但一个人若已筋疲力尽,灾厄往往便会穿透细小的伤口,侵入体内。

最初的预兆无人觉察。有传闻称,平原上发生了骚乱;当时看来,不过是古老的血亲复仇有所激化,可没过多久,人们就发现,新的仇杀不同以往,显得更加阴暗。原先,复仇行为的核心,乃是粗蛮的荣誉感,这使其暴力性有所消减;但如今,荣誉感荡然无存,只剩下纯粹的罪恶。众人发觉,森林里派来的密探和间谍,已经潜入平原上的各大部族,试图唆使牧民为他人效劳。就这样,古老的形式丧失了意义。从前,若是十字路口发现一具死尸,舌头被匕首切开,那么可以断定,此人生前告过密,复仇者追踪而至,将他杀死。高原一战过后,这类尸体也常出现,可眼下人人皆知,受害者完全是死于卑鄙的罪行。

类似的变化还包括,牧民部族一贯向农场主索要贡金,后者也乐意支付,将其视为一种保险费,用以保障自家牲口平安;但后来,勒索的金额却一路飞涨,直令人无力负担。农场主一旦看到门前立柱上,贴着白晃晃的勒索信,那么他或者咬牙照付,或者只能逃离此地。有人企图反抗,却惨遭洗劫,且劫匪行动之前,显然制订过周密计划。

届时便有一伙恶徒,由森林派来的人率领,趁夜摸到农庄门前;若主人拒绝开门,他们就强行撞开门锁。此类团伙又名"萤火虫",因为他们用梁木撞门,上面挂着一盏盏小灯。另一些人则认为,之所以有"萤火虫"之称，是由于凶徒闯入农庄后，会用火炙烤庄主，逼问银器藏于何处。听说这伙人犯案无数，无恶不作，行径之卑劣令人发指。其恶行之一，是将被害者的遗体装进木箱或酒桶，把这骇人的邮件混在货品里运出平原，送到死者亲属家中，以制造恐惧。

更严重的是，暴行层出不穷，整片地区陷入动荡，亟须法官主持公道；然而，歹徒却始终逍遥法外，甚至无人再敢大声谈论他们，面对乱局，法律显然何其无力。事实上，劫掠行为刚露端倪，法庭便派出了专员，另遣警队随行，但他们抵达平原时，却发现此地已公然爆发骚乱，再无谈判解决的可能。若要强力干预，则必须按规章召集各阶层代表；大湖这样的地方具有悠久的法治传统，人们不愿偏离司法程序。

如此一来便显出，大湖地区已有不少人支持平原牧民，因为长久以来，自平原返回的市民中，有的与牧民保持着生意往来，有的甚至歃血为盟，成了游牧部族的一员。现在,这群人也随之作起恶来,在秩序已然崩溃的地方,他们便尤为猖狂。

一时间,无耻的律师上蹿下跳,在法庭上为恶党辩护;牧民团伙公然聚集在港口的小酒馆里。他们围桌而坐,情形与篝火旁并无二致——老牧民蹲坐一边,腿上绑着生兽皮,身侧则是些军官,自从高原战争结束,他们就只能领半饷;大理石悬崖两侧,但凡悒郁寡欢之辈、渴望变革之人,纷纷聚到这里开怀痛饮,他们成群结队,进进出出,直把昏暗的酒馆当作了司令部。

有些名流显要之子,以及一批青年,坚信一个崭新的自由时代已经到来,于是也投身于这股大潮,使动乱愈演愈烈。他们围聚在文人身边,后者则开始模仿牧民唱歌,还脱下羊毛或亚麻衣衫,穿起褴褛的毛皮,手持粗大的短棍,在街道上四处游荡。

这班人对葡萄与谷物种植不屑一顾,反奉粗犷的游牧生活为至宝,认为那才是真正的祖传习俗。人们发现,令狂热者神魂颠倒的,乃是烟雾般轻浮的理念,本来不值一哂,可正是这理念,引发了公开的渎神行为,如此恶行,任何稍有理智的人都完全无法理解。

十

　　平原上，草场小径与牧区边界交会之处，时常竖着小小的牧神像，这是边界的守护神。神像由石块或古橡木雕成，工艺粗拙，还散出酸败的油脂气，从远处一闻便知。人们为神像奉上各式祭品，有热腾腾的液体黄油，也有融化的动物内脏脂肪，以宰牲刀刮下。因此，神像周围的绿草地上，常能见到焦黑的火痕。献祭后，牧民会从火堆中拾一根烧焦的草茎，善加保存，待到冬至夜，他们便取了这草茎，在所有应该生养的活物身上做标记，不论是女人，抑或牲口。

　　有时候，我们在神像前遇到挤奶归来的少女，她们总会拉下头巾，遮住面庞。奥托敬爱的是园艺之神,所以他每次经过牧神像,都少不得调侃一番,权充祭品。他认为这些神像历史悠久,将它们称作朱庇特①儿时的伙伴。

距剥皮角不远处,还有座小垂柳林,林中摆着一尊公牛塑像,红鼻孔,红舌头,连阳具都漆成血红。此地据传会举行残忍的庆典,故而声名狼藉。

这油脂与黄油之神,固然能促进母牛产奶,可谁知如今,大湖地区竟也开始敬拜牧神。更何况,供奉神像的家庭,从前一贯对祭品和祭礼冷嘲热讽。那些人原本自命聪明睿智,足以与陈腐的祖先崇拜一刀两断,到头来,却纷纷屈从于蛮族偶像的魔力。这等人蒙昧的面目,比中午烂醉的酒鬼更加可憎。他们自以为翱翔云霄,还以此夸耀,其实却在尘埃里蝇营狗苟。

动乱还殃及了葬礼上的致敬仪式,堪称又一噩兆。大湖边的诗人一向备受尊崇,大众视诗人

---

① 古罗马神话中的主神。

为慷慨的施主，奉诗才为丰足的源泉。葡萄开花结果，人畜生生不息，邪风销声匿迹，人心喜乐和睦——这一切都归功于歌曲与颂歌中的优美音调。连最卑微的果农也对此深信不疑，他们坚信，悦耳的声调蕴藏疗愈之力。

大湖边，每到葡萄丰收，人人都会从自家果园中，拣出最早最好的果子，送往思想家和诗人的居所；无人穷困到自留果实的地步。因此，任何立志在精神领域奉献世界的人，都不必整日为生计奔忙——他们虽生活清贫，却不致陷于困苦。一方耕耘田地，一方耕耘词句，两者的往来正应了一句老话："世间至宝，得之天赐。"

好时代的标志之一，是精神力量的影响清晰可见。大湖地区亦复如是；每逢时令更迭、礼拜祭祀、人生变动，但凡这般节日，诗歌都必不可少。但葬礼上尤为重要，死者受过祝福后，要由诗人来为其盖棺论定。他必须如神明般纵览死者的一生，并用诗句加以颂扬，好似采珠人潜入水底，从蚌壳中掏出珍珠。

自古以来,有两种方式向死者致敬,其中较常用的是哀歌。它悼念的是平凡的人生,苦乐交织、诚实正直。哀歌虽声调悲恸,却也充满确信,足以宽慰沉痛的心灵。

另一种方式则是象牙歌,在古代,这种诗体专用于讴歌杀死妖兽的英雄;妖兽通常栖居在沼泽与深谷,离人类住地不远。咏唱古典象牙歌时,定要庄严典雅、满怀喜悦,且必须以颂歌作结;歌近尾声时,铁笼打破,一羽黑鹰直上云天。后来,时代风气渐转柔和,一些得号"增益者"或"贵人"的逝者,也获得了象牙歌的待遇。哪些人可享如此哀荣,民众心中素来了然;但随着生活日趋精致,先祖的形象也在悄然改变。

然而当下,致敬仪式居然引发了争执,委实前所未有。原因在于,牧民团伙涌入城市时,也一并带来了平原上的血亲复仇。城中的仇恨日趋膨胀,就像瘟疫荼毒着一片净土。深夜,众人手持粗劣的器械相互殴斗,而究其缘由,竟仅仅是因为一百年前,一个叫叶戈尔的杀死了叫文泽尔的。可人一旦丧失理智,如何还顾得上什么缘由。很快,警卫每晚都会发现死尸,或在街上,或在屋中;有些尸体上的伤口极为可怖,简直玷污了剑这武器;甚至有些人已经丧命,凶手却仍在狂怒驱使下,将死者砍成碎块。

混战中,有人追杀仇敌,有人设伏暗算,有人纵火烧杀,争斗各方无不丧心病狂。人们很快发现,暴徒几乎不再把敌手看作人类,他们言语中夹杂的某些词汇,通常只用来形容害虫,而害虫自当烟熏火燎、赶尽杀绝。惟有目睹对手行凶,他们才指其为谋杀;可同样的暴行,在敌方算作卑劣,在他们自己就成了光荣。敌人死了,他们认为遗体甚至不配趁夜草草掩埋;而同伙死了,他们可觉得该为尸身裹上紫布①,再吟唱象牙歌,放飞黑鹰,

---

① 紫袍往往象征高贵身份。

好将英雄兼先知的生平上达众神。

自然,著名的歌手中,无一人肯做出这般亵渎之举,即使奉上黄金万两,亦属徒劳。于是,那伙人就转而找来些竖琴师,都是庙会上为舞蹈伴奏的,还有盲眼的齐特琴手,他们常在青楼躺椅旁唱些小曲,如维纳斯的贝壳①、赫丘利②的暴食之类,好取悦醉醺醺的客人。这样一来,战士与诗人总算是彼此相称了。

然而众所周知,诗律断无收买的可能,它自有无形的立柱与大门,毁灭之火万难触及。美妙的音调不受任何意志干扰,而有人竟以为,象牙歌那般祭品可以买卖,可见他们明明是骗子,自己却上了当。此类葬礼,我们只参加了最初几场,所见所闻果然不出意料。轻盈的燃素组成诗歌之虹,高悬半空,花钱雇来的诗人本应登上虹桥,可他一开

---

① 维纳斯诞生于海中泡沫,故海贝为其象征之一。
② 即古希腊神话英雄赫拉克勒斯,赫丘利是其罗马神话中的对应名字。

场就结结巴巴,不知所措。后来,他言语倒是流畅起来,却求诸低劣的诗句,颂扬憎恨与复仇,犹如泥尘中吐信的毒蛇。这场闹剧中,民众穿着象牙歌仪式的大红盛装,政府官员和神职人员个个身披礼服。黑鹰飞起那一刻,原应寂静无声,此时却爆发出一阵疯狂的欢呼。

听到这阵狂呼,我们不禁悲从中来,不少人也心有戚戚。大家都感到,崇高的先祖精神已然离大湖而去了。

十一

此外还有诸多衰微之兆,宛若皮疹,发而又退,已而复发。其间也穿插了一些舒心的日子,仿佛一切都与以往并无不同。

这其中,恰恰体现出最高林务官的一项绝技:他像喂药一样,每次喂给少量恐惧,然后逐渐增加,目的是消除反抗。祸乱在他的森林中巧妙酿就,待乱局已成,他却出来扮演维护秩序的角色。他手下的低级密探混入牧民团体,扩大混乱,他的亲信却渗透进机构、政府,乃至修道院,那里的人认为他们精明强干,能够驱走暴徒。最高林务官正如一个歹毒的医师,他先是助长病痛,再依照蓄谋的手段,在病人身上动刀。

政府中，也有人看穿了这套把戏，奈何无力阻止。大湖地区历来有招募雇佣军的传统，只要社会秩序正常，佣兵的效劳就颇有助益。然而此时，暴乱已蔓延到湖岸边，各方争相拉拢雇佣军，于是一夜之间，佣兵头目比登霍恩成了重要人物。这转变虽对他有利，但他却并不极力促成，反而开始处处刁难，按兵不动，仿佛军队是一笔存款，可以生出利息。有座古老的要塞名为"兽笼"，他带领佣兵进驻其中，筑好工事，随后便安闲度日，好似米缸里的老鼠。他在高塔拱顶下建了个品酒室，以便惬意地端坐古堡，畅饮佳酿。窗拱的彩色玻璃上，可以看到他的纹章，上绘两支兽角，另附一句箴言："欢迎光临，乐意奉陪！"

比登霍恩身上，带着北方人平易的狡诈，容易被人低估。他安居要塞，故作忧心之态，聆听种种控诉。酒至酣时，他常为正义与秩序慷慨激昂，但无人见他将一腔热忱付诸行动。此外，他一面和牧民部族谈判，一面又同最高林务官麾下众头领磋商,并以大湖边的出产,珍馐玉馔地款待他们。他与诸头领合谋,为民众设下恶毒的圈套。他假装急需援手,将乡村地区的监管权委交诸头领,以及他们手下的无赖。如此一来,恐怖戴上了秩序的面具,从此横行无阻。

起初,头领的部下为数不多,且都是零星出动,类似警察。特别是一些猎人,他们常在芸香隐庐四周徘徊,还到兰普莎的厨房用晚餐,着实令人不悦。正如书中所载,这伙森林恶棍身量矮小,见光眯眼,沧桑的面孔,黑褐的垂髯;他们说一套黑话,吸取了一切语言的糟粕,污秽而又血腥。

我们发现,猎人们武器简陋,有套索、猎网,还有弯曲的匕首,他们称之为"放血龙头";这班人身上,多半挂满了猎获的各种小兽。隐庐旁的岩壁阶梯上,时有硕大的珍珠蜥蜴出没,他们便前往追猎,按照老法,以唾沫沾湿细网,捕获猎物。那些生灵何等美丽,皮色金绿,全身遍布闪亮的白斑,一向令我们赏心悦目,尤其是秋日里,黑莓卷须覆满悬崖,在叶片丛中瞥见蜥蜴的身影,使人格外欣喜。最高林务官在府邸中豢养异国情妇,她们对珍珠蜥蜴的皮情有独钟;林务官手下还有一群花花公子,爱用蜥蜴皮制成腰带与精美的匣子。因此,那些绿色的精灵遭到无情捕猎,手段残忍至极。凶徒甚至不愿费力杀死猎物,只顾活剥其皮,再任由它们如苍白的幽灵般坠下悬崖,在崖底痛苦死去。恶人心中,对美好的事物何其仇恨。

但盗猎行径不过是个幌子,其真实目的,在于刺探庭院屋宅,看其中可还剩下半点自由。不久,平原上的暴行便于此重演,夜幕之下、浓雾之中,不断有居民被带走。消失的人再没回来,我们听到民众窃窃私议,谈及那些人的命运,顿时想起悬崖脚下,珍珠蜥蜴剥了皮的尸体,不禁为之怆然。

随后,守林人也粉墨登场,常能看到他们在果园和山丘上工作。他们在地里挖洞,插入一根根长杆,上有鲁内文①及野兽徽记,似乎准备重新丈量这片土地。守林人在田垄间的所作所为,比猎人更加可骇,他们穿梭于久耕的田地,却好似漫步荒原一般,无视道路,罔顾边界,见到神像也不致敬。众人眼看他们在富饶的土地上来来往往,直将它视作一片旷野,既无人烟,亦无神祇。

最高林务官虽还潜匿林中,但经由这些征兆,不难猜出大湖的未来。耕犁、谷物、葡萄、家畜,他无不痛恨,也厌恶开阔的住地和坦率的民众,如此丰饶的土地,他绝不愿统驭。惟有目睹城市的废墟上,青苔与藤蔓郁郁葱葱,目睹月光中,蝙蝠在教堂残败的十字穹顶下振翅翻飞,他方才心花怒放。依照他的蓝图,参天大树将植根于大湖岸边,树冠上空,黑鹳从橡树林飞往沼泽,与大白鹭相遇;葡萄园的黑土上,公猪挺着獠牙四处翻掘;修道院的池塘里,海狸兜来转去;日暮时分,隐蔽的

---

① 古日耳曼文字。

小径上，野兽成群结队去饮水；森林边缘，树木无法生根的沼泽中，早春有丘鹬悠然踱步，晚秋则飞来鸫鸟，采食鲜红的浆果。

十二

农家的田庄,诗人的隐庐,抑或任何静思之所,最高林务官也一概不喜。他辖区中最好的居民,不过是又一群悍匪,世世代代听命于他,人生乐趣无外乎搜捕猎物。他们是合法的猎手,而大湖边出没的那些低级猎人,则出身于特殊的村落,由最高林务官豢养于冷杉林深处。

最高林务官的领地,当数佛尔图尼奥最为了解,他曾对我谈起那些村子,说其中遍布茅舍,古旧灰暗,仿佛鸟巢一般;屋墙由黏土和碎芦苇砌成,尖尖的山墙上铺着灰白的苔藓。一群恶人聚居在那山洞似的地方,全无法律庇护。他们即使出门,也必定留下一支族人,守着破败的巢穴,好比在胡椒粉罐底留下一层粉末,以保持调料的香气。

无论战乱时期还是和平年代,都有各式各样的人逃过灭顶之灾,遁入这片森林——包括匈奴人、鞑靼人、吉普赛人、阿尔比派①信徒,以及种种异端教众。还有躲避军法的士兵、逃脱绞刑的罪犯,波兰及下莱茵②那些庞大的劫匪团伙,其成员也零星逃散而来;另有一些女人,专做皮肉生意,被法院差役从门前驱走。

术士和巫师幸免于火刑,在此搭起了魔法厨房;对秘术师、威尼斯人与炼金术士而言,这些陌生的村落不啻黑魔法的天堂。从佛尔图尼奥手中,我见过一份尼吕弗拉比的手稿,他被逐出士麦那③后四处云游,也曾造访这片森林。由他的记

---

① 又称卡特里派、纯洁派,12至14世纪之间的基督教派别,主要活跃于法国南部,也播散至意大利、西班牙、德国等国。后被教会判为异端,并遭到镇压。
② 德国西部一地区,位于莱茵河下游,毗邻荷兰。
③ 今土耳其伊兹密尔。

载可知,此间倒映出世界的历史,仿佛一池浊水,池边还有老鼠做窝。历史有些晦暗的抽屉,想要打开,须从这里寻找钥匙;据说维庸大师①被逐出佩鲁阿尔后,就曾在一个林间村落暂居,许多不法团伙都盘踞于此,例如"贝壳兄弟"②。后来,他们迁往了勃艮第,但始终将这里视为庇护所。

外界不论何等人,只要匿迹林中,都会数量倍增。尤其是那些低级猎人,他们离开森林,自告奋勇到田间屋舍消灭害虫;按尼吕弗的说法,哈默尔恩的吹笛手③当年正是领着群童,消失在密林深处。这伙猎人走遍各地,劫掠与争斗也随之蔓延。但走出丛林的,也颇有些文雅的骗子,哪里有车马仆役,哪里就有他们的身影,连王府中也不例外。

---

① 指弗朗索瓦·维庸(1431—?),法国中世纪著名诗人。
② 十五世纪法国北部的一个犯罪团伙。
③ 按德国民间传说,1284年,哈默尔恩城中鼠患严重,市民求助于一吹笛手。此人吹响笛子,群鼠纷纷聚集到他身边,跟随他前往河畔,最后悉数淹死在河中。但市民随即食言,不愿向吹笛手支付酬劳,于是他再次吹笛,引出全城的幼童,带领他们进入山中,就此不知去向。

这些人犹如一股黑暗的血流,从森林涌向文明世界。举凡龌龊行径发生之处,必有此类邪恶团伙参与——而竖着绞架的山上,山风招引这群可怜的无赖起舞,他们倒也一样不曾缺席。

所有这些恶徒,都惟最高林务官马首是瞻,他们亲吻他红猎装的镶边,他坐在马上,那些人就吻他的靴筒。林务官则随心所欲地对待他们,倘若对方数量过于繁盛,他便间或挑出数十人,将他们吊在树上,好似田鸫一般。除此之外,这伙人尽可以住在他的领地,肆意饕餮。

森林堪称流浪汉的乐园,最高林务官则是乐园的庇护者。而在丛林之外,他也暗掌大权,影响广泛。人类秩序建起的大厦一朝崩裂,他的手下就破土疯长,宛如大片蘑菇。仆人拒绝追随旧主,船员在暴风雨中哗变,士兵将能征善战的国王抛弃于沙场——但凡此类恶事,都有林务官的手下暗中作祟。

惟独最高林务官本人,借这些势力大为渔

利。他在城中宅邸款待"毛里塔尼亚"会员时,身旁向来仆从如云——有青绿制服的猎人,有红礼服黑船鞋的仆役,有形形色色的管家与亲信。这般欢宴上,可以感受到一点林间的轻松惬意,为最高林务官所钟爱;宽敞的大厅温暖明亮,但那光亮却不似阳光,反像火焰,像岩窟里灼灼的黄金。

炼金术士的坩埚里,纵使炭火粗劣,仍有钻石闪闪放光;而森林巢穴之中,不时也会诞育绝色佳人。这些女子与林中所有人一样,是最高林务官的奴仆,他出行时,总会命她们乘轿随往。有时,林务官在城门边的小屋里,接待年轻的"毛里塔尼亚"会员,若是心绪颇佳,他就将女奴们唤出展览,仿佛他人炫示奇珍异宝。大快朵颐之后,客人聚到台球室饮姜汁酒,这时,林务官便派人召来众女奴,令她们击球为戏。红色灯光下,袒露的玉体俯向碧绿桌面,徐徐弯曲、扭转,按照球戏规则,呈现千姿百态。就这一点而言,林中的传闻更为恶劣,据说林务官久久追逐狐狸、驼鹿和熊,事后则在打谷场豪饮,那里饰有武器与鹿角;他雄赳赳地高踞瞭望台,台上插着沾满鲜血的小树枝,象征捕猎成果。

此外,无论他卷入何等勾当,女奴们都不失为上佳的诱饵。这些欺诳之花生于沼泽,谁若接近她们,便会着魔,最终一蹶不振;我们在"毛里塔尼亚"时,已目睹不少人走向毁灭,他们本可以拥有伟大的命运——因为高尚者往往最先落入此类圈套。

一旦最高林务官彻底掌控大湖地区,移居于此的便是这样一群人。好比花园惨遭仇敌蹂躏,高贵的果实纷纷凋落,曼陀罗、罂粟与天仙子取而代之。施与美酒和面包的善神消失无踪,基座上转而竖起陌生的神像——就像在沼泽地带,狄安娜①沦为野蛮的生殖女神,身上挂满

---

① 古罗马神话中的月神与狩猎女神,相当于古希腊神话中的阿尔忒弥斯。

黄金乳房,形似葡萄,闪闪发亮;就像那般凶神,利爪尖牙,头生犄角,令人望而生畏,又索取不配凡人的牺牲。

十三

高原战争结束后七年,局势便是如此。在我们看来,这方土地之所以祸患横生,阴云笼罩,正是由于那场战事。诚然,我与奥托也曾双双投身其中,作为紫衣骑兵团成员,参与过隘口前的杀戮;但我们只是恪尽战士之责,只需杀敌,无须思考正义与否。然而掌控手臂虽易,掌控心灵却难,我们心中反倒赞赏敌方,他们不惜抗击强敌,捍卫与生俱来的自由;而他们能够获胜,也绝非仅凭侥幸。

更何况,我们还在高原上赢得了友谊。当年在隘口前,我们俘获博登湖[①]牧场主的儿子小安

---

① 德国、瑞士、奥地利三国交界处的湖泊。

斯加，与他交换了礼物。从露台上极目远眺，博登湖牧场是一片蓝色的草原，深藏于连绵雪峰之下，山谷的农庄里，永远为我们留有一席之地，仿佛欢迎亲兄弟一般；一念及此，我们便顿感安心。

后来，我们返回远在北方的故乡，刀枪入库，转而憧憬远离暴力的生活，遂想起旧日的研究来。我们向"毛里塔尼亚"申请光荣退会，就此退居老会员之列，有权佩戴黑红黑三条纹饰带。我们既不乏勇气，又富有判断力，本可在协会中攀至高层；但我们从来无法高高在上，藐视弱者和无名者的痛苦，好似高踞元老座席，俯瞰议场中央。然而，倘使弱者误读了法律，蒙蔽了双眼，门闩原为保护他们而紧锁，他们却亲手将其拉开，此时又当如何？我们也不能一味谴责"毛里塔尼亚"会员，因为正义与不义早就交相混杂；坚定者也开始动摇，恐怖的时机业已成熟。人类的秩序近似宇宙，有时需经浴火，方得重生。

因此，我们做了正确的抉择，避开毫无荣誉可言的争斗,平静地回到大湖,在阳光灿烂的湖岸边,投入花的怀抱。花朵的图案绚丽多彩、短暂无常,却仿若隐秘的图形文字,蕴藏着不易的永恒;鲜花一如钟表,始终显示着准确的时辰。

可屋舍和花园堪堪收拾妥帖,工作正待结出第一批成果,烧杀的火光却已腾起,照亮了大理石悬崖朝向平原的一侧。不久,骚乱蔓延至大湖地区,我们不得不多方探听,好知悉面临何种危险,又有何等严重。

平原上,我们认识老贝洛瓦,戏称他为"阿瑙特人"①。他常造访兰普莎的厨房,带来药草,以及罕见的植物根须,由族中的女人挖自草场的沃土,兰普莎将它们晒干,用以调制饮料与药剂。我们由此与他结识,每每同坐于厨房前院的长凳,共饮美酒。民间为花朵取名,数量繁多,各个不同,而所有的名称,老人都烂熟于心;我们为了解同花

---

① 土耳其用语,用以称呼阿尔巴尼亚人。

异名，也乐得向他打听。他还知晓珍稀品种的生长地，例如蜥蜴兰，开在灌木丛中，发出公羊气味；又如人帽兰，唇片形似人体；另有一种红门兰，花朵宛如豹眼。因此，我们到悬崖对侧采集标本时，常请他陪伴同行。他熟知那里的大道小径，直至森林边缘；尤为重要的是，一旦牧民显出敌意，有他作陪便可保我们平安。

这位老人身上，汇集了牧区最美好的品质，但相比一众纨绔子弟的臆想，却是大异其趣。那班人视牧民为理想人类，还写出玫瑰色的诗篇大加颂扬。老贝洛瓦年届七旬，身形高瘦，白须黑发相映成趣。脸上一双黑眼最为醒目，目光锐利有如鹰隼，睥睨之间，大地尽收眼底；愤怒之时，黑眸又像狼一般闪亮。老人耳戴金环，头裹红巾，系一条红腰带，露出一柄匕首的刀把和刀尖。这古老武器的木柄上刻有十一道凹槽，以茜草染红。我们初识他时，他新娶了第三位妻子，那少女年方十六；他驭妻甚严，醉酒时或许还动手殴打。一谈起族间仇杀,他就双目炯炯,叫我们明白,只要仇敌的心脏尚在跳动,便永远吸引着他,有如强力磁铁;复仇之光辉耀之下,他还会引吭高歌,平原上不乏此类歌手。在那里,众人围坐火旁,饮酒敬奉牧神,这时,常有一人站起身来,自夸一击毙敌,滔滔不绝。

时日流逝,我们逐渐习惯了老人的存在,乐意见到他,好比一条忠诚的猎犬,虽不脱狼性,却讨人喜欢。老人心中地火熊熊,狂野不羁,却全无一丝卑劣;正因如此,他痛恨自森林侵入平原的黑暗势力。我们很快发现,他粗砺的生涯不乏美德,那高尚的心灵里,燃着较城镇中人远更炽热的火。对他而言,友谊并非止于情感,更似仇恨一般灼烧,决绝而又激烈。这一点我们也深有体会,多年前,大湖地区的讼师将老人卷入一桩棘手案件,幸得奥托相助,方在法庭上扭转局面。从那时起,老人即把我们视作知交,哪怕远远望见我们,他都会双目放光。

没过多久,但凡在他近旁,我们就不敢吐露心愿,因为他听了真会闯入狮鹫巢中,捉出雏鸟来取悦我们。他随时听候我们吩咐,恰似一件称手的武器。在他身上,我们发现了一股力量,大感受用,未料竟有人全身心奉献于我们;伴随文明教化,这力量势必渐趋衰微。

凶险自平原袭来,但仅凭这段友情,便足令我们心安无虞。有些夜晚,我们分居藏书室和标本收藏室,默默工作,悬崖边沿却蹿起劫掠的火光。祸乱往往近在咫尺,朔风一起,声响纷纷传来。我们听见撞门槌敲击农庄大门,听见牲口在着火的畜栏里哀鸣。随即,风中又飘来嘈杂的人声,极轻极细,还有小礼拜堂的钟鸣——最后,诸般音响陡然沉寂,而我们还竖着耳朵,久久在夜色中谛听。

可我们知道,只要那老牧民率领他粗蛮的族人,依然栖居于草原之上,灾难就不会降临到芸香隐庐。

十四

在大理石悬崖朝向大湖的一侧,出手相助的却是一位基督教僧侣,那便是月之圣母修道院的朗普洛斯神父;民间奉月之圣母为新月之神。两人一为牧民,一为僧侣,迥然相异,可见土地对人陶染之深,并不下于草木。那嗜好仇杀的老者胸中,长存着未经垦殖的草原;而神父心底,则包蕴着果园耕土,多少世纪以来,人们代代劳作,将它耕耘得无比精细,宛如沙漏里的沙粒。

最先向我们提及朗普洛斯神父的,是乌普萨拉①的标本管理员艾尔哈特,他为我们的工作提

---

① 瑞典中部城市。

供资料。当时，我们正研究植物的环形分配，探索有机生命的基本形状，即轴心对称；此外，我们还钻研结晶效应，万物生长，意义向由结晶赋予，一如钟面之于指针。艾尔哈特告诉我们，大湖边有位斐洛比乌斯，所著杰作探究果实对称性，而这正是朗普洛斯神父的化名。闻听此言，我们不由大感好奇，遂给神父写去短函，继而赴月之圣母修道院拜访。

修道院离我们不远，从芸香隐庐就能望见其塔尖。院中教堂是一处朝圣地，通往教堂的小路穿过平缓的草地，古树开满白花，几乎不见一片绿叶。晨间，花园空无一人，湖面上清风徐来；可花中自有一股力量，令空气熏染了精神，恍惚间，我们仿佛穿行于魔法花圃。不多时，修道院便出现在眼前，矗立山巅，居高临远，教堂的建筑风格活泼明朗。相隔尚远，我们已然听到管风琴的鸣响，伴随着朝圣者礼拜圣像的歌声。

在门房引领下，我们穿过教堂，也向圣像致

敬。那高贵的女神端坐祥云宝座,足踏一弯新月,宛若脚凳,月牙上雕出一张脸孔,俯视地面。这位神祇的形象,乃是统御无常的力量,她是施与者,亦是支配者,备受崇拜。

到了十字回廊,改由教堂巡监迎客,他一路陪送我们,直抵朗普洛斯神父掌管的藏书室。神父常在室内埋首工作,我们日后也多来此与他交谈,四壁古籍充栋。我们初到访时,神父恰从花园返回,他伫立静室,手握一簇紫红的剑兰,头上还戴着宽边海狸皮帽;阳光自十字回廊窗扉洒下,化作七彩,在他一身白衣上跃动。

朗普洛斯神父年约五旬,中等身材,体格匀称。我们接近他时,不禁心生恐惧,因为在我们看来,他的面庞与双手都不同寻常,令人惊异。若要形容,那脸和手仿佛属于一具死尸,难以相信其中竟然有血流、有生命。它们犹如软蜡塑成,无论何种表情,都只慢慢浮上面皮,而且稍纵即逝,并不形于颜色。他说话时喜欢举起一只手,显得尤为僵滞,饱含象征意味。尽管如此,这具身躯之中,却也掺有一种精致的轻盈,好似吹入一口生气,使这木偶顿显鲜活。此外,他也不缺愉悦的脾性。

我们互致问候时,奥托赞美圣像,称其融幸运女神与女灶神的魅力于一体,且有所升华。神父听后,先是谦恭俯首,继而抬起头来,对我们微微一笑,仿佛他沉思片刻之后,将奥托的简评视作祭品,欣然接受。

经由这一点,以及其他诸多特质,我们发觉,朗普洛斯神父回避与人争论;他的沉默也较言语更加有力。在学术领域,他堪称大家,可同样从不参与学派之争。他坚信,自然史的每种理论都对万物起源有所贡献,因为人生每一阶段,人类的精神都会重新构想世间万有;每种诠释蕴含的真理,都并不多于一片朝生暮落的树叶。正因如此,他化名斐洛比乌斯,意为"叶栖者"——这其中谦逊与高傲混杂,正是他独有的个性。

神父不喜反驳,也是礼貌的表现,他生性极有涵养。既然才华过人，他便先接受对方的言辞，在更高层面上加以证实，再予以返还。他正是这样回应了奥托的致意，这表明他为人良善，随着年增岁长，善意逐渐积累，如名酒般日趋醇厚。不仅如此，他的言行还充满骑士之风，名门大户培养出这等气度，其子裔由此获得一种第二天性，较原先更为柔和。此外，也不无骄傲的成分掺杂其中；一个人若才智卓绝，则大可自行判断，将种种异见抛诸脑后。

据说神父出身于勃艮第一个古老家族，但他从未谈及往事。他保有一枚尘俗时代的印章戒指，镶嵌红色玉髓，上刻一只狮鹫羽翼，纹章下还有一句格言："吾之等候，必有缘由"。谦虚与骄矜，他秉性的两极，也在此话中显露无遗。

很快，我们便成了月之圣母修道院的常客，时而徜徉花园，时而安坐书房。我们的《植物志》较以往大为充实，因为多年来，神父一直在大湖边搜集标本，我们每次来访，他都以一沓叶片标本相赠，由他亲手标注，其中每一件，都不啻玲珑的艺术品。

与他相交，也有助于我们研究轴心对称；一项计划，倘经有识之士反复斟酌，则无疑大有裨益。在这一点上，我们发现，神父悄然参与了我们的作品，他毫不招摇，也全然无意分享署名权。他对植物界现象所知甚多，而且懂得向我们传达神妙一刻，那般瞬间，自身工作的意义有如闪电，贯穿我们的心灵。

其中一次提点，尤令我们难忘。某天清晨，神父引我们来到一片栽花的斜坡，修道院的园丁一早已来此除过草；坡上有处地方盖着红布。据神父说，那里他留了一株植物未加铲除，我们见了定会欢喜。然而待他揭开红布，露出的却不过是一丛幼嫩的车前草，就是林奈命名为"马约尔"的，人类足迹所及之处，都有此类植物生长。但我们俯身细看，却觉得它异常高大，且形状极其规则。这植物呈绿色球形，椭圆的叶片将其分割，又组成锯齿状镶边；叶丛中央，生长点高高凸起，闪闪发亮。如此形态，外表清新娇柔，内里则坚不可摧，焕发出对称性的光辉。此时，我们不由一阵战栗，感到内心之中，生与死的欲望合而为一；我们直起身，望着神父含笑的脸。他刚与我们分享了一项奥秘。

　　神父极受基督徒尊崇，许多人前来拜访，求取建议或安慰；这般忙碌中，他肯抽空陪伴我们，便更显难能可贵。但除基督徒外，他的爱戴者中，也不乏信奉十二主神①的，另有一些北方来客，家乡神殿宽广，小树林篱笆环绕，人们在其中敬拜阿萨②诸神。这些人倘来探问，神父也会汲取同一力量相赠，但不再恪守基督教形式。奥托曾造访众多神庙，见过不少秘密教仪，他常说，神父精神中最美妙的所在，乃是他能统合渊博的学识与严

---

① 即古希腊奥林匹斯神系中的十二位主要神祇，包括宙斯、赫拉、波塞冬、雅典娜、阿波罗等。
② 北欧神话中的主要神族之一。

格的教规。奥托认为,清规戒律会随精神化程度提升,好比一件长袍,起初以金线和紫线编织,随后逐步隐形,长袍上的图案渐渐消失,化作一片光亮。

大湖边的各方势力都信任神父,诸事进展,无不向他透露。此间上演的闹剧,他比任何人都看得清楚,而他竟能不受干扰,继续清修,着实令人称奇。看起来,随着凶险迫近,他的精神反而越发明朗,光辉也愈加夺目。

芸香隐庐中,我们坐在点着葡萄枝的炉火旁,常常谈起此事。当此风雨飘摇之时,那样的人宛如高塔,大众动摇不定,他们却岿然屹立。有时我们不禁自问,在神父眼中,世事是否已太过败坏,无从挽救;抑或出于谦和又孤傲的个性,他无论言行,都不愿插手各派纷争。然而还是奥托一语中的,他认为,对神父那般人而言,毁灭并不可怕,以他们的禀性,蹈火直与归家无异。神父虽深居修道院围墙之内,仿佛空想家一般,可我们所有人中，也许只有他完全触碰到现实。

  无论如何，神父或许罔顾自身安危，但他始终关切着我们，时常送来署名斐洛比乌斯的短笺，告知某处有罕见花种盛开，不妨前去探访。我们推测，某些时候，他希望我们远远避开，于是依言而行。他选择这种方式，大约是因为从密信中获知良多。

  我们还注意到，他遣人送信来时，倘若我们恰巧不在隐庐，信差就会让埃里奥转交信件，而非兰普莎。

十五

毁灭的浪潮日趋汹涌，逐渐逼近大理石悬崖。我们忆起"毛里塔尼亚"时代，考量着暴力这条出路。大湖边，各派暂还维持平衡，任何弱小势力入局，都能使天平发生倾斜；各大部族混战不休，比登霍恩又拥兵观望，只要如此局面持续下去，最高林务官手中就并无多少可用之人。

我们曾考虑率贝洛瓦及族人，趁夜追捕那伙猎人，将落网者大卸八块，吊在十字路口；既然冷杉林村落的蠢材只懂这种语言，那我们何妨以此喊话。听了这番谋划，老贝洛瓦喜不自胜，宽刃匕首在鞘中突突直跳，仿佛要赴情场一般。他催我们磨利捕兽的铁矛，再将猎犬饿上一阵，让它们嗅到血腥便呼呼喘息,把通红的舌头垂到地面。霎时间,我们也觉得本能的力量犹如闪电,灌入四肢百骸。

然而,在标本室和藏书室中深入探讨时局之后,我们愈发坚定,决心仅凭纯粹的精神力量作抗争。高原战争过后,我们自觉发现,世间确有武器强于刀剑;可有些时候,我们仿若稚童,倒退回恐怖笼罩的原始世界。上天赐予人类力量,我们却尚不知其极限。

这般情形下,得与朗普洛斯神父相交,对我们无比珍贵。我们当初既遵从本心,返回大湖地区,此刻也一样能自主裁夺;可面对如此剧变,终究有人对我们施以援手。在良师身畔,我们了悟了内心所求,得以真正成为自我。因此,这高贵的楷模长存于我们心间,正是从他身上,我们推想出自己才能几何。

对大湖边的我们而言,一个特殊时期开始了。此地罪恶丛生,好似朽木上的蘑菇;而与此同时,我们却愈加沉浸于花朵的奥秘,觉得花萼较往日更显硕大,也更富光泽。但最重要的是,我们不懈研究语言,发现言语中自有魔力之刃,在它的光芒面前,暴君的权力相形失色。言语、自由、精神,三位一体。

我敢说,这番辛苦大获回报。有时我们清早醒来,满心喜悦,舌头上滋味宜人,惟有身体康健,方能如此。这种时候,我们为事物取名毫不费力,行走于芸香隐庐,各间居室也仿佛充满磁力。我们在房间和花园里转来转去,心中微觉陶醉,间或还将一张张纸条放上壁炉。

这样的日子,待得艳阳高照,我们便前往大理石悬崖顶端。蛇径上枪蜂密布,组成赤红的象形文字;我们举步跨过,沿石阶拾级而上,阳光下,阶梯熠熠闪光。正午时分,崖顶强光炫目,直射远方。我们站立崖上,久久俯瞰这方土地,试图在每条褶皱、每道田埂之中,觅得一点救赎。随后,大地有如鱼鳞,从我们眼前崩离,而我们旋即明了,这土地宛若诗中意象,焕发着不灭的光华。

我们欣然领悟,基本元素断不会毁灭,而毁灭的幻象仅在其表层激起涟漪,如同幢幢鬼影,无力抵御阳光。我们也意识到,倘若栖身于那不朽的微粒,便可安然度过毁灭的每一阶段,仿佛穿过敞开的大门,出入于节庆的厅堂,一间更较一间富丽。

我们并肩伫立崖顶时,奥托常说,这就是生命的意义——在无常之物中重复创世之举,一如嬉戏的孩童模仿父亲的行为。播种与繁衍,建筑与规章,绘画与诗歌,这一切的意义,正在于映照创世之伟大,宛如一面彩镜,注定很快破碎。

十六

我们总爱回想那骄傲的岁月。毋庸讳言,有些日子,反是颓丧占了上风。软弱时,毁灭浮现在我们眼前,面目狰狞,仿若神庙中的复仇之神。

有时天方破晓,我们惴惴徘徊于隐庐,在标本室和藏书室里沉思默想,怏怏不乐。随后,我们便紧闭护窗板,在灯下读些泛黄的书页与手稿,昔日多少旅途,都有它们相伴。我们翻阅早年的书信,为了寻求慰藉,也打开藏书来读;书中的心灵,数百年前就已化作尘土,可如今依然散发着温暖,好似炎夏的热焰,长存于漆黑的煤矿之中。

这种日子,我们心烦意乱,嫌花香太过浓烈,遂把通往花园的门一并关上。到了晚上,我们会派埃里奥去岩壁厨房，让兰普莎为他装上一壶酒，酿造于彗星降临的年份。

接着，壁炉里点起葡萄枝，我们依照在英国学到的风俗，端出香瓶来。为了制作香瓶，我们经常采集各季花瓣，晒干后压入凸肚大瓶。待到冬天，打开瓶盖，缤纷花色早已褪去，凋枯后的色泽或如泛黄的丝绸，或似发白的紫布。可这残花之中，却升起脱俗的幽香，令人想起木樨草花畦与玫瑰园。

在这黯淡的节日里，我们会点上沉甸甸的蜂蜡蜡烛，那是普罗旺斯①骑士狄奥达的临别赠礼，他早已战死在荒凉的托罗斯山②。烛光中，我们忆起那位高贵的友人，遥想当年傍晚，我们在罗德岛③巍峨的城墙上与他闲谈，夕阳西下，爱琴海上万里无云。日落时分，一阵和风自港口吹向城中。玫瑰散发甜香，交杂着无花果树的芬芳；海风悠

---

① 法国东南部地区。
② 土耳其南部山脉。
③ 爱琴海中的希腊岛屿。

悠,裹挟着远处山坡上草木的清香。但最浓的香气却出自壕沟,那里甘菊盛开,黄花覆满沟底,芳香馥郁,沁人心脾。

最后一群蜜蜂随花香腾起,满载花蜜,穿过城墙的裂缝,穿过雉堞的缺口,向小花园里的蜂巢飞去。我们站在安巴斯城门①的堡垒上,耳听迷醉的蜂鸣,常觉心情舒畅;所以分别时,狄奥达以蜂蜡相赠,他说:"这样,你们就不会忘记这玫瑰岛上嗡鸣的金蜂。"的确,我们一点起蜡烛,烛心就散出柔和干燥的馨香,闻起来像香料,又像撒拉逊人②园中的鲜花。

我们将杯中酒一饮而尽,既为远方旧友,也为世间诸国。死亡气息吹拂之时,人人都会心惊胆战。吃喝时难免担忧,不知自己还能在餐桌旁安坐多久。毕竟这世界如此美丽。

此外,还有一个想法压在我们心头,凡在精神

---

① 罗德岛古城门之一
② 中世纪欧洲基督徒对阿拉伯人的称呼,后用于指称穆斯林。

领域劳作之人，对此都不陌生。我们长年钻研植物，不知燃尽多少灯油，耗费多少精力，还甘心搭进了父辈遗产。时至今日，第一批成果终于呱呱坠地，有书信，有文件，有读书笔记，有标本，有战时日记和旅行日记，更有关于语言的文献；我们收集了万千石子，拼成的镶嵌画已颇具规模。手稿中，出版的寥寥无几，因为奥托觉得，对牛弹琴毫无必要。当今时代，作者注定孤独。然而面对乱局，我们还是希望部分文稿付梓——不为身后荣名，那无非是瞬息般的虚妄；关键在于，作品一旦印行，便盖上了终结的印章，再无更变，一见之下，连孤独者也会倍感欣喜。我们更愿等局势好转，再行离开。

忧心手稿时，我们常想起斐洛比乌斯那明快的安详。可我们安身立命的方式，终究与他截然不同。我们编织着作品，也植根于作品，与它们难舍难分。所幸我们拥有尼格罗蒙丹之镜，沮丧时瞥见，总能转忧为喜。这镜子是我昔日恩师的遗物,别具特色,可以汇聚阳光,化作烈火。经这般炽焰灼烧之物,必定永恒不朽,尼格罗蒙丹曾说,只有纯净的蒸馏产物才能与之媲美。这项技艺,他是在远东的寺院中学得,那里的人烧毁逝者的珍藏,好使其永远陪伴主人。与此类似,他还认为,一切以此镜焚烧之物,都会存留于无形,比铁门紧锁远为可靠。那火焰既不冒烟,也不见庸俗的红光;它将物体送往毁灭彼岸的国度。尼格罗蒙丹称之为虚无中的安全所在,而我们下了决心,如遇灭顶之灾,便投身彼处。

因此,我们十分珍视这面镜子,将它看作一把钥匙,能开启高处的厅堂。这般夜晚,我们会小心打开盛放镜子的蓝匣,望着那闪亮光泽,心中颇觉快慰。烛火映照下,光洁的水晶镜面熠熠生辉,四周以琥珀镶边,镜框上,尼格罗蒙丹用太阳鲁内文[①]镌有一句箴言,与他的无畏精神

[①] 即 S 鲁内文,鲁内文的一种,其中的 S 通常理解为"太阳"的缩写。

相得益彰：

> 大地若似炮弹般轰然炸裂，
> 我们的蜕化便如白炽的火焰。

镜子背面则以细若蚁足的巴利文①,刻着王室三寡妇的名字,盛大的葬礼上,她们唱着歌登上柴堆,那里的熊熊烈火,正是婆罗门用这面镜子燃起。

镜子旁还有一盏小灯,同样由水晶雕成,带有灶神标记。这盏灯的使命,乃是守护火的力量,无论天光黯淡的时辰,抑或急如星火的瞬间。点燃奥林匹亚柴堆的并非火炬,而是这灯;彼时,柏里格利诺斯·普罗透斯②自称不死鸟,在万众瞩目

---

① 巴利语为古印度的一种世俗语言,与梵语相近。但巴利文字并不存在,各国以不同的当地文字书写巴利语。
② 柏里格利诺斯(约100—165),古希腊犬儒派哲学家,165年在奥林匹亚一柴堆上自焚而亡,当时此地正举办奥林匹克运动会。

下跃入火中，以求与苍穹融为一体。时至今日，世人要了解他的为人，领略他的崇高之举，却只能依赖琉善①杜撰的扭曲形象。

上好的武器无不蕴藏魔力，只消看上一眼，便能振奋人心，着实不可思议。尼格罗蒙丹的镜子也不例外；它的光芒预示着，我们并不会全然湮灭，而我们心中的至善至美，那卑下的势力无从侵染。我们崇高的力量丝毫无损，仿佛安放于水晶的鹰巢。

朗普洛斯神父自会笑言，这世上也不乏精神的石棺；然而毁灭之日，却必为生息之时。神父的确可以这样说，死亡吸引着他，宛如远方的瀑布，急流之上，虹桥飞架。可我们却奔忙于俗世，亟须肉眼可辨的迹象。惟有目睹七彩虹霓，我等凡人方能察觉那独一的无色之光。

---

① 琉善（约120—180），罗马帝国时期的讽刺作家，以希腊语写作，著有《柏里格利诺斯之死》，文中对柏里格利诺斯多有讥讽。

十七

我们发现,心绪愁闷的日子,往往也会起雾,大地笑颜不再。团团雾霭自林中涌出,那里好似邪恶巫师的厨房;浓雾翻滚,逼近平原。大理石悬崖旁雾气积聚,太阳一出,便缓缓流入山谷,不多时,谷中白雾弥漫,连教堂尖顶都隐没无踪。这等天气,我们目不能视,只觉灾祸披着厚厚的外衣,潜入这方土地。倘若点起灯来,躲在家中饮酒度日,倒不失为明智之举;但我们时常渴盼外出。我们明白,"萤火虫"之流在外作恶,与此同时,这片土地似乎日益变形,逐渐丧失了真实性。

因此,即便是雾天,我们也常出门游走,尤其爱去草原。而且也总能定下一种植物,当作采集目标；可以说，我们力图在动乱之中，紧紧攀住林奈的巨著，它犹如一座瞭望塔，精神高踞其上，俯瞰着万物疯长。所以，哪怕摘取一株小小的花草，也总能予我们以灿烂的光明。

此外还有一事，或许可以称之为羞耻——我们并不把林中歹徒视作敌人。正因如此，我们坚持认为，外出是为搜寻植物，并非置身战场，必须避免卑劣的恶行，就像躲开沼泽和野兽。毕竟在我们看来，这群鬼魂并无意志自由。绝不能允许这种势力为我们书写律法，否则我们再难看清真相。

这样的日子，雾气润湿了通往悬崖的石阶，凉风将雾团吹落阶上。草原已然今非昔比，从前的小径却依旧熟悉。小径穿过座座废墟，昔日是富丽的农庄，如今只散出冰冷的焦味。畜栏坍塌，里面横着牛羊的白骨，蹄、角尚存，脖颈上还套着锁链。内院中堆满家用器具，被"萤火虫"扔出窗来，又洗劫一番。破碎的摇篮丢在桌椅中间，四周荨麻青翠。一路上,我们难得遇见零星的牧人,赶着寥寥几匹牲口,全都瘦弱不堪。动物尸体在草原上腐烂,引发了瘟疫,导致牲畜大量死亡。可见秩序一旦崩溃,无人得以幸免。

一小时后,我们抵达老贝洛瓦的农庄,庄子安然无恙,牛羊成群,绿茵环绕,似乎惟有此地与往日无异。原因在于,贝洛瓦既是自由牧民,又是家族首领,祸乱初起,他便牢牢捍卫家产,不让流窜的暴徒染指半分。长久以来,无论猎人还是"萤火虫",连远远走过他的农庄都不敢染指。原野之上、灌木丛中,他杀了不少歹人,只当作行善,甚至不屑为此往刀柄上刻新的凹槽。死在他土地上的牲口,都必须撒上石灰深埋,以防毒气扩散;这一点他严格坚持。因此,他家周围牛群繁盛,有红褐的,有花斑的,屋舍与谷仓闪闪发光,很远就能望见。几尊小神像守护着他的地界,一如既往朝我们微笑,它们得了新鲜的供奉,显得油光闪亮。

有时战争中,堡垒早已陷落,外围工事却毫发无伤。老贝洛瓦的农庄便是一例,也因此成为我们的据点。庄内,我们尽可以安心休憩,与老人谈天,他年轻的妻子玛丽娜则会下厨,为我们煮番红花酒,用黄油锅烹制糕饼。老人的母亲依然健在,年近百岁,却身姿笔挺,穿行于屋宅庭院。我们爱同老母亲交谈,她熟知各类草药,又精通咒语,威力之大令人毛骨悚然。临别时,她还伸手抚触了我们。

老贝洛瓦渴望伴我们同行,我们却并不愿带上他。有他在身边,似乎极易引来冷杉林村落的恶徒,好比野狼徘徊于小镇周围,镇中的狗都会蠢蠢欲动。这或许正合老人的心意,可我们却另有打算。我们不携武器,不带仆从,身披银灰色轻衣,好隐身浓雾之中。我们摸索前进,穿越沼泽地和芦苇丛,小心翼翼地走向角状树丛,走向森林边缘。

离开草原后,我们很快发现,暴力更加逼近,也更显强大。灌木丛里雾气翻腾,芦苇在风中沙沙作响。连脚下的大地也变得陌生,叫人认不出来。然而最可怖的,是我们丧失了记忆。整片土地虚无缥缈,摇晃不定,有如梦中所见。当然,总有些地点可以明确辨认,但一旁却生出新的神秘地带,仿佛岛屿自海中升起。要辨别真正的地形,必须投入全副精力。由此看来,虽则老贝洛瓦热衷冒险,可避免行险终究是上策。

往往一连数小时,我们都在沼泽与芦苇丛中跋涉、停留。倘若我未曾细述途中详情,那是因为,我们的行为超出了语言的范畴,摆脱了言辞的魔力。可人人都记得,自己的思想曾孜孜探索不可言传的领域,或在幻梦之中,或在沉思之时。就像身处迷宫,摸探出路;又像端详字谜画,试图找出画中隐藏的图案。有时一觉醒来,精神振作,极为美妙。这种时候,我们的工作质量最高。我们感到,这一场奋战,连语言也已不敷使用,我们必须突入梦境深处,方能抵御威胁。

置身沼泽与芦苇丛中,四周渺无人迹,此时,我们常会觉得,行动宛如一场精妙的棋局,一着接着一着。雾气升腾,愈来愈浓,但我们内心之中,创造秩序的力量却似乎越发强大。

十八

雾天出行时,我们从不曾忽视花卉。陌生的海域靠罗盘导航,我们的方向则由花朵指引。正如那一天,我们探入剥皮角深处,日后回想,心中只剩下一片恐惧。

当天清早,林中雾气翻腾,直逼大理石悬崖,我们遂决定外出寻找红花头蕊兰。兰普莎备下早餐,我们用餐之后即刻出发。红花头蕊兰散见于森林和灌木丛中,林奈将其命名为"红",以便与另两种白色头蕊兰区分,但红兰较白兰更为罕见。这种兰花多生于密林转疏之处,所以奥托认为,若前往科佩斯布里克①,

---

① 该地名意为"发白的头颅"。

或许最容易有所收获。那是一片林间空地,树木久已伐尽,名称为牧民所起,据说位于森林边沿与弧形剥皮角的交会处;那地方臭名昭著。

中午,我们在老贝洛瓦处驻足,考虑到下午需要集中全部精力,我们并未进食,不久便套上银灰外衣。老母亲将我们触碰一遍,手指不曾受阻,贝洛瓦安下心来,放我们走了。

刚离开他的地界,就飘来一阵浓雾,眼前一片茫茫,我们很快迷失了方向,在沼泽和荒原上团团乱转,不时在古柳林里休憩,或在浑浊的水塘边歇脚,塘中长着高高的灯芯草。

当日,满目荒凉之中,似乎添了几分生气,雾中传来喊叫,身旁恍惚还有人影掠过,可对方并未发现我们。迷乱中,极易错失前往剥皮角的道路,幸好有茅膏菜的踪迹可循。茅膏菜生长在森林周围的潮湿地带,叶片上长有亮绿及亮红色茸毛,仿佛地毯镶边。心知如此,我们便循踪而行,来到三株高大的白杨树下,天晴时,三棵大树矗立在剥皮角尖端，好似矛杆一般，远远就能望见。我们由此摸索前行，沿着剥皮角的弧线，抵达森林边缘，再进入剥皮角最宽处。

我们穿过林边茂密的黑刺李与山茱萸，钻进密林，这里还从未响起斧斤之声。古老的树干挺立如柱，泛出湿漉漉的光泽，柱顶隐于雾中；这些古树是最高林务官的骄傲。我们在树间行走，有如穿过宽敞的大厅，常春藤的卷须，铁线莲的花朵，不知从何处垂挂而下，仿若舞台上的魔幻布景。地上覆着厚厚的腐殖土，朽木枯枝层层堆叠，上面长出蘑菇，还有火红的盘菌，我们好像潜水者，徜徉在珊瑚丛中。有些大树或已衰朽，或遭雷劈，倒伏在地，留下一方小小空地，一簇簇黄色的毛地黄葱茏繁茂。腐土上还有颠茄蔓生，枝头紫褐的花萼轻轻摇荡，仿佛小巧的丧钟。

空气凝滞压抑，我们却惊起了无数鸟儿。山鹧掠过落叶松，细声啼叫；鸫鸟受了惊，中断鸣唱，出声示警。蚁䴕躲在中空的赤杨树干里咯咯轻笑;橡树顶上,黄鹂欺诳的大笑一路相伴。远处还飘来沉醉的鸽啼,啄木鸟在枯树上笃笃敲击。

我们悄悄攀登一座平缓的山丘,蹑手蹑脚,时常停顿。奥托在我身前几步,忽然回头喊我,说那片空地已近在咫尺。恰在这时,我瞥见了苦苦寻觅的红花头蕊兰,薄暮中,花朵微微闪光;我快乐至极,疾步朝它跑去。这小花名副其实,①犹如一只小鸟,悄然筑巢于铜褐色的山毛榉叶间。叶片狭长,花色紫红,唇瓣尖呈浅色,正是它的特征。作为研究者,突然看见一株花草、一只野兽,必定满心欢喜,仿佛收获大自然的厚礼。平日若有如此发现,我不待自己触碰,便会先呼喊奥托,好让他分享喜悦。可我正要抬眼看他,猛听得一声呻吟,顿时毛骨悚然。那声音像是重伤之下,生命的气息从胸口缓缓流

---

① 红花头蕊兰的德文名称为 Rotes Waldvögelein,意为"林中红鸟",故有此说。

逝。只见奥托呆立在面前的山顶上,好似着了魔一般。我急忙奔向他,他却伸手示意我看另一方向。陡然间,仿佛有利爪攫住了我的心,展现在眼前的,是可耻之极的暴政场所。

十九

小灌木丛结着火红的浆果,我们站在树丛背后,张望科佩斯布里克的空地。天气已变,离开大理石悬崖后,我们身边始终浓雾弥漫,但此处却全无一丝雾气。相反,四周景物清晰可见,有如风暴中心,空气凝固不动。鸟鸣声也归于寂静,只有一只布谷鸟出于天性,在黑暗的森林边缘来回飞掠。它"咕咕、咕咕"地嗤笑,时近时远,既像讥诮,又像探询,尔后突然一声尖啸,仿佛高奏凯歌,听得我们不寒而栗。

空地上长满枯草,直到空地边缘,才换作灰扑扑的起绒草,这草常生于垃圾场中。此地一片干枯,却有两大丛灌木蓬勃生长,着实古怪;初看时,我们将其认作月桂，但灌木叶片上带有黄色斑点，有如肉铺中所见。灌木长在一座旧谷仓两侧，谷仓面朝空地，大门敞开。光芒倾泻而下，虽不似阳光，却明亮无影，将这白屋凸显得格外分明。三脚黑梁把墙壁割成数块，灰色的木板尖顶高高耸起，还有些长杆铁钩倚在墙边。

深色大门上方，山墙尖上赫然钉着一个骷髅，在灰白天光下龇牙怪笑，仿佛邀人进屋。它处于一条细长的山墙雕饰末端，犹如一颗珠宝，挂在项链尾部。那雕饰看似由褐色蜘蛛组成，可我们立刻猜出，那并非蜘蛛，而是钉在墙上的人手。我们看得一清二楚，连穿透手心的短钉，也逃不过我们的眼睛。

空地四周的树上，同样悬着白森森的头骨，有些头骨眼窝中已生出青苔，似乎面带阴笑，打量着我们。死寂之中，只有布谷鸟飞来飞去，围着白骨狂舞。我听见奥托恍惚的低语："是啊，这就是科佩斯布里克：'发白的头颅'。"

谷仓内部近乎漆黑,我们仅在门口附近,分辨出一条剥皮用的长凳,上面绷着一张皮。长凳背后还有许多灰白色物体,状似海绵,在昏晦中微微发亮。大群苍蝇涌向那里,好似蜜蜂归巢,有铁灰的,有金色的,嗡鸣不止。随后,一只大鸟的影子投到地上。看那动作当是秃鹫,张开参差的羽翼,向起绒草丛俯冲而下。它把尖喙缓缓伸进翻开的泥地,直埋到鲜红的脖颈;见此情景,我们方才发现,那里有个侏儒挥锄劳作,秃鹫则紧跟着他的活计,一如乌鸦追随耕犁。

这时,侏儒放下锄头,口中吹着小曲,向谷仓走去。他身穿灰衣,一路搓动双手,像是刚经过一番辛劳。他进入谷仓,剥皮凳上便发出敲打刮擦之声,他还继续吹着歌曲,如鬼魅般愉悦。冷杉林中风声呼啸,仿佛为他伴奏;树上白骨相击,哒哒作响,一同加入合唱。风中又听得铁钩挥舞,谷仓墙上,干枯的手掌也噼啪翻动。木声骨响汇作一处,有若一出死国的傀儡戏。腐朽的气息随风飘来,黏稠、沉重、甜腻,令我们浑身战栗。内心之中,生命的旋律奏出了最低最暗的音符。

日后我们并不知晓,这幕骇人场景,自己究竟观看了多久——或许仅仅一瞬而已。之后,我们如同大梦初醒,手牵着手,飞奔回剥皮角的密林,布谷鸟啼一路相伴,含讥带讽。我们终于一睹邪恶巫师的厨房,雾气正是由此飘向大湖;既然我们不肯退缩,最高林务官就将厨房展露得更加清晰。那里宛若地窖,在它上方,暴君的城堡傲然矗立,萦绕着欢宴的香气;那可怖的坑穴恶臭扑鼻,歹徒在穴中终日狂欢,极尽狰狞,庆贺人类尊严的玷污、自由的沦丧。缪斯女神①噤声不语,真相则闪烁不定,犹如邪风中的火把。第一场雾还未酝酿,软弱者便已然屈服;而后,众暴徒头戴面具,从地底涌出,一举攀上堡垒;见此情形,连战士也开始畏葸不前。可见这世间,血气之勇终究还在其次;

---

① 希腊神话中的九位艺术女神。

惟有我们之中最高贵的人,敢于闯入恐怖的巢穴。这些人明白,眼前一切画面,都仅存于人心之中,他们大步穿越而过,好似穿透虚幻的镜像,迈入胜利之门。恶徒的面具,恰恰映衬出高贵者的真实,使他们愈发伟岸。

可我们一朝目睹科佩斯布里克的死亡之舞,却吓得失魂落魄,站在密林深处簌簌发抖,耳中只听得布谷鸟声声啼鸣。然而此刻,我们好不羞惭,奥托认为,应当立即返回那片空地,红花头蕊兰尚未登记入册。由于记忆难免缺失,我们一旦发现某种植物,都会当场载入手册。可以说,我们的《大湖地区植物志》是在田野中诞生的。

于是,我们不理会布谷鸟啼,再度悄然上山,在遍地落叶中寻觅那朵小花。找到后,我们又细细观察一番,接着,奥托取过铲子,把花连根掘起。我们用圆规测量植株各个部位,在手册中注明日期,还记录了发现地的详情。

人若忙于一项使命,便会恪尽职守;说来奇

怪，越是这种时候，越会感觉自己刀枪不入。当年在战场上，我们就有所体会：面对死亡，士兵虽忧惧不安，却甘心履行军职。而常使我们振奋的，则是科学研究。求索的目光极为强大，它倾注于外物，不受卑琐的蒙蔽。这目光以特殊的方式，从万物中汲取养分，科学的力量也独独在于此。连一朵娇弱的小花，也具备不朽的形式构造；有了这番体悟，我们勇气倍增，足以抵御腐朽的气息。

我们穿过密林，抵达林边。雾天日落之前，有时会云开日出。一时间，巨树叶间金光闪动，脚下的沼泽也化作一片金黄。布谷鸟啼早已沉寂，但树顶的枯枝上，看不见的歌鸫登场了，歌喉动人，热忱的啭鸣穿透了阴湿。不久，夜幕升起，绿光幽幽，宛若洞中微芒。香忍冬的卷须自高处垂落，芬芳馥郁；各色夜蛾扑扑腾起，飞向角状的黄花。花萼笔直竖立，夜蛾停在唇瓣前，身子微微战栗，仿佛沉醉于欢梦之中；它们细长微弯的喙轻颤着，伸入甜蜜的花朵深处。

我们回到三棵白杨树下,离开了剥皮角。这时,苍白的弯月已染上金色,夜空中也亮起繁星。在灯芯草塘边,我们遇见了老贝洛瓦,暮色中,他正领着仆从和猎犬,搜寻我们的踪迹。事后共饮番红花酒时,我们取出此行觅得的红花,老人见了哈哈大笑,我们却默然不语。临别时,我们叮嘱他,这美丽的农庄至今未遭劫难,千万要小心看护。

二十

有些经历,会逼人重新面对考验,对我们而言,在科佩斯布里克一窥剥皮屋,就算作其中一例。起初,我们决定去找朗普洛斯神父,可未待前往月之圣母修道院,灾祸就降临了。

归来次日,我们忙碌良久,整理标本室和藏书室的手稿,为许多稿件做了防火处理,心里明白,凶险已近在眼前。黄昏时分,我走进花园,在露台围栏上小坐,品味花香。花畦上还残留着阳光的温暖,河畔草丛中却已升起初寒,驱散了尘土的气息。银扇草与浅色的月见草香气四溢,瀑布般泻下悬崖,涌入芸香隐庐的花园。种种芬芳,有的沉降,有的浮扬,汇成沉重的波涛;一缕轻盈的幽香从中穿过,冉冉上升。

我循香而去,见薄暮之中,硕大的日本山百合刚刚绽放。天光尚亮,辨得出火焰状金纹,以及洁白花萼上华美的条斑。淡色花托上竖起一根雌蕊,形似钟舌,六根纤细的雄蕊环绕四周,覆满褐色花粉,仿佛细腻的鸦片精华;蝴蝶还未光顾,花蕊中部的软鞘仍带光泽。我俯下身去,见花丝轻轻颤动,宛如大自然的琴弦:这架钟琴,送出的不是乐音,而是肉豆蔻的芳香。如此柔弱的生命,却蕴含何等强大的爱的力量,这永远堪称奇迹。

我正凝视着百合花,突然间,坡下的果园小径上,亮起一束细细的蓝光,沿山坡搜索前移。随后我便听见,有辆汽车停在隐庐门口。虽未料到有人来访,但我担心枪蟥,还是急急下楼,朝大门跑去。门前停着一辆豪车,像昆虫般轻声嗡鸣,几不可闻。车身颜色为新勃艮第大贵族专用,两个人站在车旁,其中一人比了个手势,天黑后,"毛里塔尼亚"会员之间常以此类手势交流。这人说他叫布拉克玛,我也记起他来。他又向我介绍同伴,那是年轻的逊美拉侯爵,在新勃艮第家族中地位显赫。

我邀二人进门,牵起他们的手引路。天光黯淡,三人沿蛇径上行,我发现,侯爵对蝰蛇并不在意,而布拉克玛虽含讥带讽,却始终小心避让。

我们来到藏书室,遇见了奥托,兰普莎端上酒和糕点,主客开始交谈。我们早年就认识布拉克玛,可他经常外出远游,每次都是匆匆一见。此人矮小瘦削,面目黝黑,颇为粗豪,但也不乏才华,如同所有"毛里塔尼亚"会员。这类人嗜好异域色彩的探险,我们戏称其为"猎虎者"。他投身险地,好比旁人为了消遣,攀爬沟壑纵横的山岩;平原只能令他憎恶。他为人刚毅,不惧任何阻碍;不幸的是,这项美德却与轻蔑相伴。正如一切热衷权势之人,他将一腔迷梦付与了乌托邦。在他看来,世间自古便有两种人,即主人与仆人;而随着时代变迁,两者发生了混杂。在这一点上,他堪称最高林务官的弟子,两人都要求重新区分主仆。与所有蹩脚理论家一样,布拉克玛以时髦学科为生,尤其热爱考古。他不够敏锐,不知道人心里盼望发现什么,铁锹下就必定掘出什么,从来分毫不差;凭借这种方式,他效法若干前人,发现了人类起源地。当时,我们也曾出席会议,听他讲述自己的发掘工作。据说,在遥远的沙漠中,他偶然经过一片奇特的高地。那里地势平坦宽广,斑岩抵御了风化侵蚀,巍然耸立,既像堡垒,又像石岛。他攀上斑岩,来到高地,发现了王宫和太阳神庙的遗址,推定为远古所建。他一一描述遗址的规模特征,然后取出一幅画来,再现那里的旧貌。画中沃野葱翠,目力所及之处,遍布牧人与农民,牛羊成群;头顶高耸的斑岩上,大红宫殿富丽堂皇,里面住着世界最初的主宰。久已枯涸的河水重现画中,紫色甲板的船舶顺流而下;上百船桨齐齐伸入水中,有若虫足,恍惚还能听见钹声喧天,皮鞭抽在不幸的桨奴背上,噼啪作响。这便是布拉克玛一心向往的画面。他这样的空想家,醉心于具象的幻梦,可谓相当危险。

年轻的侯爵同样心不在焉,但方式截然不同。他或许不过二十岁,却是一副饱受煎熬的神情,与年纪完全不符,很是古怪。他身材颀长,却总是弯腰弓背,仿佛身高是种妨碍。我们的谈话,他似乎也并未听闻。我觉得,他集苍老和青春于一体——苍老来自家族,青春属于自身。衰颓已深入他的骨髓;在他身上,既体现出悠久传承的伟大,也不乏相反的特质,由土地加诸一切遗产,因为遗产乃是逝者的财富。

我确实一度期盼,在争夺大湖控制权的最后阶段,贵族会挺身而出;高贵的心灵之中,苍生的疾苦最为迫切。公义与道德感一旦沦丧,知觉为恐惧蒙蔽,平民的力量便迅速枯竭。但古老家族里,对于真实合法的尺度,始终保有清醒认知,正义的新芽也由此萌发。所以无论何种民族,都赋予贵族优先权。可我曾经相信,有朝一日,贵族会披坚执锐,从宫殿与城堡中起而抗争,在自由之战中,成为骑士般的领袖。然而来到我面前的,却是这位早衰的青年,自己都亟须援手;见到他,我彻底明白,时局已败坏到何等地步。不过,这疲惫的空想家自觉有义务保护他人,不由令人颇感惊奇——最无力也最纯洁的一群人,却力图扛起世间铁一般的重任。

早在楼下大门口,我就已经猜到,他们二人调暗车灯上门拜访,目的究竟为何;奥托似乎也心知肚明,根本不用等他们开口。布拉克玛要我们介绍当前形势,奥托为他细细作了讲解。他专心聆听,由此看来,他对各方势力了如指掌。毕竟,"毛里塔尼亚"会员本就擅长了解局势,不放过任何细节。布拉克玛已与比登霍恩作过商谈,但尚不认识朗普洛斯神父。

相反,侯爵则佝偻着身子,耽于幻梦。我们提到科佩斯布里克,布拉克玛听了大发雷霆,可就连这时,侯爵也仿佛充耳不闻;只有听说象牙歌横遭玷污，他才怒冲冲地从座位上站起身来。奥托还简述了我们对事情的看法，说明我们认为当如何应对。布拉克玛不失礼貌地听着，却难掩讥讽之意。看他的神色，显然只当我们是软弱的空想家，而且已下了定论。可见有些时候，人都把对方看作空想家。

这场争斗中，布拉克玛竟要对抗最高林务官，不免令人诧异，须知两人从思想到行为，都颇多相似之处。然而，人思考时常会犯错，一见手段相同，便认为目的一致，连背后的意图也毫无分别。事实上，二人的差异在于，林务官企图使大湖地区遍布野兽，布拉克玛则想在此蓄养奴隶，组建奴隶大军。归根结底，这是"毛里塔尼亚"会员的内部争议，此处不再赘述。简而言之，成形的虚无主义与野蛮的无政府主义之间，存在着深刻矛盾。人类的居所是化作茫茫荒漠，还是变成原始丛林，全凭这场鏖战决定。

布拉克玛身上，晚期虚无主义的特征显露无

遗。他既有冷静不羁的才智,也有耽溺幻梦的倾向。与所有同类一样,他视生命为钟表机械,在他眼里,暴力和恐怖恰如齿轮,驱动着生命之钟。与此同时,他迷恋第二自然、人造自然的概念,陶醉于假花的芬芳,以伪饰的情欲为乐。在他心中,万物早已遭到扼杀,又像八音盒装置般重新拼装。他额头上,绽开的是冰花。看到他,难免想起他师傅那句深刻的名言:"沙漠扩张不止——可悲啊,那心存沙漠的人!"

尽管如此,我们仍对布拉克玛略怀好感;倒不仅因为他人心尚存,毕竟一个人越是心如铁石,基于勇气的功绩就越减少。他的可爱之处,更多是在于一种微妙的痛苦,失去欢乐的人,才会体验这般苦楚。他企图为此报复世界,恰似孩童为虚妄的怒火驱使,捣毁缤纷的花丛。他也从来无视自身安危,逞着冷漠的勇气,直闯入恐惧的迷宫。人若没了乡情,便会同他一样,去远方的世界寻求冒险。

思考时，布拉克玛力求效仿生命，他坚信，思想必须亮出爪牙。可他的理论犹如蒸馏产物，缺乏真正的生命力。要使菜肴可口，必须添加"多余"这种美味成分，布拉克玛那里却付之阙如。他的谋划，逻辑上并无差错，但总嫌干瘪乏味。好比一口大钟暗生裂纹，再难敲出美妙的钟声。究其原因，对他而言，权力或许太过集于思想，而甚少在于优雅的风度、天生的散漫。这方面，最高林务官显然高明得多，他手握权力，如同身穿上好的旧猎装，愈是频繁浸透污泥鲜血，猎装便愈是舒适合体。所以我觉得，布拉克玛的冒险前途险恶；毕竟二人相争，理论家从来难敌实干家。

或许布拉克玛也意识到，面对最高林务官，自己实力不足，这才拉上年轻的侯爵。但在我们看来，那青年却另有一番打算。如此产生的联盟，往往显得怪异。也许反倒是侯爵在利用布拉克玛，就如人利用舟船渡河。这虚弱的身躯中，潜藏着强烈的受难趋向，他梦游般一路向前，几乎不加思考,可却满有把握。战场上,进攻的号角吹响之时,勇士虽已濒死,却也会勉力挣扎,从地上爬起身来。

谈话并不顺利,日后,我和奥托时常回想起当时的情形。侯爵近乎一言不发,布拉克玛则充满狭隘的优越感,好似一名技师。见我们犹疑不定,他分明暗自感到好笑;他向我们探听森林和草原的局势,对自己的计划却讳莫如深。他还心生好奇,问起炼金术士佛尔图尼奥探险及殒命的详情。从他的提问中,我们看出,他准备去那里一探究竟,或许还要采取行动;可想而知,他如同庸医,只会使疾病恶化。最高林务官率领一众恶鬼,走出幽暗的丛林,开始兴风作浪,这终究并非偶然,也无关冒险。换作从前,这类歹徒必遭法办,与一般窃贼无异;如今他们却发展壮大,说明无论社会秩序,抑或民众的康健与福祉,全都发生了深刻变化。如此困局,须得着手解决,急需有人重建秩序,也急需新的神学家,他们要熟知时弊,由表象直至微细的根源；而后，神圣之剑才会劈落，宛若闪电，穿破黑暗。因此，个体必须较以往更清醒、更坚强，同心合力，搜集合法性的新宝藏。即便只为赢取一场短期胜利，也需按特殊方式生活。何况当下的问题，关乎高蹈的生命，关乎自由与人类的尊严。可是，布拉克玛却认为这等方案毫无用处，一心只想以牙还牙对付林务官。他已经丧失了自尊，人间种种灾祸，莫不由此发端。

我们反复计议，直谈到曙光初露，却依旧徒劳无功。不过，言语虽无法达成共识，沉默倒大有启发。做决定前，各人的思想会聚一处，有如医师会诊于病患床前。其中一人建议手术，一人主张保守治疗，余下一人则寄希望于特殊药物。然而，倘若毁灭是上天注定，凡人的所谋所愿又有何用？但败仗之前，也一样要召开作战会议。

侯爵和布拉克玛打算当天就前往草原，不要我们引路或随行。我们便推荐了老贝洛瓦，再将二人送至大理石悬崖的石阶旁。双方客客气气道了别,一场会面若既无热情,也无成果,过后就是这般情形。可紧随其后的,是无言的一幕。晨曦中,两人伫立在悬崖边,久久凝望着我们,默不作声。清晨的凉意已然升起,不出片刻,万物便纷纷显现,仿佛初生一般,崭新而又神秘。侯爵与布拉克玛也焕发出同样光彩。我发现,布拉克玛一改居高临下的讥嘲,露出常人的微笑。年轻的侯爵则挺直身子,愉悦地注视我们,好像我们有个难解之谜,而他知晓答案。沉默持续良久,最后,奥托再度握住侯爵的手,深深弯下腰去。

二人翻过崖顶,消失在视线中。我就寝前,又去探视那朵山百合。纤细的雄蕊已遭飞虫拂掠,金绿的花托也沾上了紫色粉末,或许是那些硕大的夜蛾,在交欢的盛宴上撒落。

可见时时刻刻,都是甘苦交织。我俯身察看带露的花萼,远处的林边传来了第一声布谷鸟啼。

二十一

　　整个上午,我们都忧心忡忡,访客留下的汽车仍停在大门口。早餐时,兰普莎递给我们一封短笺,落款斐洛比乌斯,看来侯爵他们的拜访,并没逃过神父的眼睛。信中,他让我们即刻邀侯爵去修道院;可兰普莎转交太迟,这一耽搁,后果极其严重。

　　中午,老贝洛瓦来访,他告诉我们,当天清早,年轻的侯爵和布拉克玛就来到他的农庄。布拉克玛边端详一张手绘羊皮纸,边向他询问林中各处地点。不久,他们再次出发,贝洛瓦则派族人暗中跟随。在放置红牛雕像的小树林与剥皮角之间的地带,两人没入了林中。

我们听后,明白大事不妙。先前我们曾向二人提议,带贝洛瓦的仆从和儿子随行,可惜他们并未听从。我们知道,布拉克玛恪守一条准则:世间最可怕的,莫过于孤胆英雄。所以,他们可能自行前往林中豪宅,向那嗜血的老恶魔发起挑战。但这样一来,他们恰恰栽进了恶魔的罗网;兰普莎耽误送信一事,只怕也是罗网的一环。我们不由想起佛尔图尼奥的遭遇,他极富才华,长期调查林中隐情,最后亲自进入森林。也许他绘制的地图几经辗转,为布拉克玛所获。佛尔图尼奥死后,我们曾苦苦寻觅那份地图,很久以后方才得知,它已经落入寻宝者手中。

那两人就此踏入险境,既无准备,又无向导,简直与寻常探险无异。何况他们都只能算作半个人——一边是布拉克玛,他纯粹是权力的技师,向来只见小节,不见根源;另一边是逊美拉侯爵,他品格高贵,深谙正义的秩序,可却像幼童一般,贸然闯入狼嗥起伏的森林。但我们觉得,神父或许能深深改变他们,使二人合为一体,有如神迹。我们取过纸条,写明当前事态,让埃里奥立即送往月之圣母修道院。

侯爵和布拉克玛造访后,我们就惴惴不安,但对周遭事物,却比以往都看得清楚。我们感到,祸乱即将升至顶峰,而自己必须奋力游泳,好似穿过险滩的涡流。是时候了,我们取出尼格罗蒙丹之镜,想趁着日照充足,用它点燃小灯。我们登上阳台,按照规定的方法,以水晶镜面聚集天火,点着了灯。见那蓝色火焰降下,我们欣喜万分,忙将镜子和灯盏藏进壁龛,龛中供有家神[①]像。

我们尚在更衣,埃里奥便已返回,捎来神父的答复。孩子到达修道院时,神父正在祈祷,他未待阅读我们的留言,就立刻交给埃里奥一封书信。用这种方式发布的,是早已密封备好的指令。

我们发现,这封信第一次署了"朗普洛斯"之

---

① 古罗马宗教中家庭及特定区域的守护神。

名,还印有纹章,附带"吾之等候,必有缘由"的格言。同样是第一次,信中只字未提植物,只是寥寥数语,嘱我找到侯爵,善加照看。神父还补充说,此行我应该携带武器。

行前准备是当务之急,我一边与奥托匆匆交谈,一边穿起旧猎装,这件外套经久耐磨,什么刺都扎不穿。然而隐庐之中,武器少之又少。只有壁炉上方挂着一把猎枪,可以用于猎鸭,但枪管有所缩短。旅途中,我们有时会用它射击爬行动物,这类猎物外皮坚硬,生命力顽强,要杀死它们,粗略扫射比精确瞄准远更有效。看见这把枪,我不禁想起麝香的气息。炎热的河畔,猎手藏身于灌木丛中,顶着这股气味,向巨蜥的上岸地走去。待到天光朦胧,水陆一色,我们就为枪管装上银准星。家中可称武器的,惟有这把猎枪;我取下枪来,奥托又把大皮包挂到我身上,包盖上编有绳套,可以悬挂猎获的鸟;包内缝着一条皮带,用来装载子弹。

仓促之中，只好就地取材；况且神父要我携带的武器，或许更像自由与敌意的象征，正如友人来访，手捧鲜花。紫衣骑兵团时期，我用过一柄利剑，这把剑如今高悬于北方祖宅；但此次出击，我绝不会选它作武器。想当初骑兵激战正酣，剑刃在阳光下熠熠闪光，马蹄声响彻大地，宛若雷鸣，胸膛鼓胀，无比舒畅。我拔剑在手，胯下骏马飞驰，颠簸之中，腰间的武器铿锵相击，由轻及响；我的目光扫过敌阵，当即选好了对手。一对一的决斗，我也仰赖此剑，那时，我与敌人战作一团，驰过广袤的平原，许多马鞍上已没了骑手。我奋力劈砍，时而击中法兰克剑的护手盘，时而刺到苏格兰笼手剑柄。也有些时候，剑刃深入人体，手腕便感到血肉之躯那柔软的阻力。但当年的敌人，个个都是铮铮铁骨，连蛮族的自由之子也不例外，为了祖国，他们不惜血洒疆场；倘在席间，我们尽可向他们举杯致意，如同兄弟一般。战场上，世间的勇者划定了自由的边界；与英雄作战的武器，岂能用在屠夫和走狗身上。

　　我匆匆向奥托和埃里奥道别。孩子看着我，神情愉快，充满信心，我觉得这是个好兆头。然后，我便与老贝洛瓦一起出发了。

二十二

我们赶到牧区的大农庄时,黄昏已经降临。远远就能看出,庄内一片混乱;畜栏里火把通明,牛羊被匆忙赶回栏中,鸣叫声此起彼伏。我们遇上一批带武器的牧民,从他们口中得知,另一些人为了藏匿牲口,还留在平原深处。到了庄里,老人的长子桑姆博尔前来迎接,他身材魁梧,蓄着络腮红须,手提皮鞭,上面挂有铅丸。据他说,骚乱爆发于中午前后;当时只见浓烟升起,又有喧闹声传来。随后,剥皮角周边的沼泽灌木丛中,钻出大群"萤火虫"和猎人,将小牧场里的牛羊驱赶而出。他们还未及穿越沼泽,桑姆博尔就夺回了一部分牲口,但争抢时,他还认出不少守林人的身影,可见对方即将采取行动。而他派出的探子,也在其他地点发现了侦察队,外加若干散兵游勇,有的盘桓于红牛树丛,有的甚至出现在我们背后。由此看来,我们还算走运,赶在去路切断前到达了农庄。

如此情势下,我不敢指望贝洛瓦随我入林,他若留下看护家产和族人,也在情理之中。可我终究不够了解这位老战士,也不够了解他对朋友的侠骨心肠。他当即发誓说,哪怕家宅、畜栏和谷仓全都付之一炬,他今天也绝不让我独行一步;言毕,他便将守庄之责交给了桑姆博尔。族中的女人已开始将贵重物品搬出屋宅,闻听此言,她们急忙触碰木头以求好运①,又拥到我们身旁大放悲声。接着,老母亲走过来,伸出双手,将我们从头到脚抚摸一遍。摸到我右肩时,她的手指一度受阻,但第二次就顺利滑过。然而抚过儿子额头时,

---

① 按照迷信观念,触碰树木或木制品可以消灾除厄,带来好运。

她却大惊失色,以手掩面。见此情形,老人那年轻的妻子扑到他怀里,尖声号哭起来,仿佛在哀恸死者。

可老人全不为妇人的眼泪所动,何况大战在即,战斗的狂热已开始在他体内奔涌。他伸展双臂,在身前清出一片空地,好似泳者分开波浪;他大声喊出一众儿子和仆从的名字,命他们同赴战场。他只选了一批人同去探路,余下的人手,他都留给了桑姆博尔,以守卫农庄。但他挑出的人,都是在族间争斗中杀过人的,他高兴起来,会把这群人唤作他的小公鸡。他们身穿皮胸甲,头戴皮帽,手中粗陋的器械取自农庄武器库,自先祖时代留存至今。火把的光芒映出长柄斧、狼牙棒,粗重的长棍,顶端装有利斧和铁扦,带着锯齿;还有长矛、破墙锤,以及各种锋利的铁钩。老人想以此扫清林中歹徒,一偿宿愿。

养狗的仆人打开犬舍,里面已是吠声一片。猎犬分为两种,瘦削的擅长追踪,叫声清亮;粗壮的嗜好撕咬，叫声低沉。群狗又是喘息，又是低吼，飞奔而出，挤满庭院。领头的是一只大狗，名叫"狮齿"，它朝贝洛瓦扑去，老人身躯魁伟，大狗却呜咽着，把两只前爪抵在他肩上。仆人让群狗饮足清水，又用一只碗盛了宰牲的血，洒在地上，供它们舔舐。

这两种猎犬是老人的骄傲，数年来，林中村落的恶棍宁肯远远绕道，也要避开他的庄子，这其中，猎犬自然功不可没。追踪犬方面，这位自由牧民饲养的是轻捷的草原灵猩，与它们同榻而卧，他的妻子则亲自为幼犬哺乳。灵猩身上，肌肉块块凸起，仿佛有解剖学家剥去了外皮；它们的身躯极善运动，就连睡梦之中，都总在微微震颤。世间所有长于奔跑的动物，只有猎豹能快过灵猩，且仅限于短途冲刺。灵猩两只一组狩猎，切进猎物迂回奔逃的路线，再咬紧对方肩部。但也有灵猩单独捕猎，它们咬住猎物的喉咙将其扑倒，然后死死按住，直至猎人到来。

至于大型猎狗,老人豢养的则是獒犬,浅黄的皮毛,带有黑色条纹,模样十分漂亮。这种狗骁勇无畏,与藏獒杂交后更显突出;早在古罗马时代,藏獒就曾在斗兽场中勇斗野牛和狮子。硕大的体形、高傲的仪态,以及竖立如旗的尾巴,无不体现出獒犬的杂交血统。几乎所有獒犬身上都有狰狞的伤疤,那是猎熊行动中,熊掌留下的印记。大熊自丛林进入草原时,必须紧贴林边行走,一旦被灵猩循踪捕获,不待猎人刀落,獒犬便会将它撕咬致死。

内院中,群狗来回奔跑,狺狺声、吞咽声四起,血盆大口张开,露出骇人的利齿,闪闪发光。火把噼啪作响,武器叮当撞击,还有女人的号啕,宛如受惊的鸽子,在院里四处翻飞。嘈杂之中,老贝洛瓦怡然自得,右手惬意地捻着胡须,左手把玩红腰带上的宽刃匕首,令它上下跳动。他腕上还系有皮带,上面挂着一把沉甸甸的双刃斧。

仆人戴着齐肩的皮手套,奔向狗群,用珊瑚色的皮带将它们牢牢拴在一起。我们熄灭火把,步出大门,越过牧区最远的边界,向森林进发。

月亮升起来了,清辉中,我思绪万千,面对未知境地,每每便有诸多想法浮上心头。我忆起往日怡人的清晨,我们随先头部队骑行在队伍前方,晨间凉意弥漫,身后的年轻骑手齐声高歌。当初,我们的心跳得多么欢畅,即将投身的战斗,激烈而又光荣,与这般快乐相比,世上一切珍宝都微不足道。哦,今夜与彼时何等不同,苍白的月光下,但见各式武器寒光闪闪,犹如怪物的尖角利爪。此行去往鬼魂的森林,那里既没有人间的公义律法,也无从赢取荣光。我深感荣耀与美名之虚妄,一时悲从中来。

但令人安慰的是,当年初次搜寻佛尔图尼奥时,我曾沉醉于神秘探险的魅惑;这一回却截然不同,我是受崇高的精神力量召唤,去行正义之事。我决心既不恐惧,也不自负。

二十三

离开农庄不远,我们便分头前进,派一队人前出探路,辅以两只一组的灵猊,主力则率獒犬殿后。月光愈发明亮,连字迹都辨得出;只要我们还在草原上行进,各队人马就都看得一清二楚。三株大白杨有如黑色长矛,竖立在左侧,前方则是黑黢黢的剥皮角,极易判别方向。剥皮角的弯弧突出密林,我们便向那里挺进。

我与那嗜好仇杀的老者并肩而行,带领着灵猊,目光不离先头部队,见他们抵达了沼泽边缘的芦苇丛和赤杨林。就在此时,那群人突然一怔,随后继续向前,进入一处缺口。他们刚从视线中消失,我们就听见咔嚓一响,挟着飕飕风声,极为不祥,仿佛一张钢铁巨口咬合,紧接着又传来一声垂死的惨呼。只见探路者纷纷逃出灌木丛,奔回原野,我们急忙上前接应,询问出了什么事。

探路者方才踏入的空地上,长满及膝的金雀花与石楠,在月光下莹莹发亮。空地中央上演了一出惨剧。一个年轻仆役,挂在一架机器的大铁钳上,活像踩中陷阱的野兽。他双脚几乎离地,头颅和双臂向后垂入草丛。我们赶到他身旁,发现那是一架巨型盘状捕兽器,最高林务官称之为红腹灰雀捕捉器,将它藏在行人必经之路上。铁钳边缘锋利,切开了仆役的胸膛;一眼就能看出,他已毫无生机。但我们还是合力绷紧弹簧,将遗体取下机器。我们发现,那铁钳如同鲨鱼颌骨,装有蓝钢打造的利齿。我们把死者安放到草原上,又小心地将铁钳重新合拢。

这处机关,很可能有探子监视。我们围着这无耻凶器的牺牲品,静默无声,这时,果真听到附近的灌木丛沙沙作响,紧接着,夜色中爆发出一阵大笑，充满嘲讽。沼泽地里一片骚动，仿佛惊起了枝头沉睡的群鸦。松林间传来断折拖曳之声，林务官的猎鸭小屋紧邻幽暗的沟渠，渠边窸窣有声。与此同时，沼泽中哨声四起，夹杂着粗野的人声，仿如群鼠奔窜。众暴徒大声呼喊，彼此怂恿；在苦役牢里，在贫民窟的污泥中，他们一旦确认己方人数占优，便也这样互相鼓劲。此刻，无赖团伙似乎的确大占上风，四面八方，都听见他们唱着粗鄙的歌。就在我们近前，皮库希尔帮的恶棍鼓噪不休。他们在沼泽地里一面跺脚，一面像青蛙般乱嚷：

> 卡特琳的屁股发了霉，
> 奶子往下垂，
> 两脚像猪蹄，
> 啦啦啦啦哩。

从高高的金雀花丛、芦苇丛，到草原上的灌木丛，应和的歌声四处轰响。喧腾中，只见池塘上空绿莹莹的磷火飞舞,受惊的水禽飞掠而过。

这时,主力部队也带着獒犬赶到,我们发现,面对这般骇人场面,众仆役开始心生畏怯。可老贝洛瓦提高嗓门,大声喊道:

"上啊,孩子们,大家上!那帮坏蛋斗不过我们。但要小心陷阱!"

说完他便迈步前进,目不斜视,手中双刃斧的锋刃在月光下闪烁。仆役们紧跟而上,扑向那设下陷阱的人。我们分作数个小队,穿过芦苇和灌木,一路细细查看地面。就这样,我们在水塘间寻找通路,漆黑的水面上,睡莲幽幽发亮;我们悄然钻过干枯的芦苇,黑色芦穗上,绒毛纷纷飘落。不多时,就听到人声近了,子弹嗖嗖飞来,从太阳穴边擦过。养狗的仆人要激起灵猊的战意,使它们毛发耸立,双目灼灼,好似烧红的炭火。随后,仆人放开狗绳,群狗欢叫着,冲过夜晚的灌木丛,宛若一支支白箭。

老人所料不差,那班恶徒确实不是我们的对

手——灵猩吠声方起,便有惨叫声传来,渐逃渐远,没入灌木丛中,狗吠声紧随其后,穷追不舍。我们疾步跟上,见树丛背后有个小小的泥炭沼,地面像打谷场般平坦。暴徒们先窜至这块平地,再向附近的密林奔逃,但求活命。然而,只有未遭灵猩追赶者才能逃出生天。许多人遭到袭击,只好应战。群狗像地狱的白火,将他们团团围住,随即一跃而起,迫不及待地猛扑过去。不时还有逃跑者被生生扑倒,瘫在地上,单独捕猎的灵猩咬住他们的喉咙不放,口中猖猖不已。

这时,仆役放出獒犬,它们长声嗥叫,冲入夜色中。我们亲眼看见獒犬放倒猎物,继而相互争抢,把他们在地上拖来拽去。仆役紧随其后,给猎物最后一击。这杀戮如同地狱,毫无慈悲可言。仆役朝死者俯下身去,把狩猎的奖赏抛给猎犬,再费尽力气,将它们重新拴到一起。

我们身处的沼泽好比一处前院,通往黑暗的森林。老贝洛瓦十分欢喜,他夸奖过仆役和猎犬的战绩,又分发烧酒给众人喝。接着,不待逃脱的歹徒在林中掀起风浪,他就又开始前进,命人用斧头砍伐四周茂密的灌木,以开辟突破口。我和奥托曾入林寻觅红花头蕊兰,眼下,我们离当时的入口不远,计划先进攻科佩斯布里克。

众人很快辟出一道口子,宽如谷仓大门。我们点起火把,进入密林,仿佛穿过一张阴森的巨口。

二十四

火光中,树干闪闪发亮,宛如一根根红柱;空气凝滞不动,火把的青烟笔直上升,细丝一样,在极高处织成一张穹顶。我们分头前进,跨过倒伏的树干,时而聚拢,时而散开,但借着火把的光芒,彼此都看得清楚。为标记入林路线,老贝洛瓦带了数袋白垩粉,沿途撒落,连成一道白色轨迹。如此一来,我们撤退时便不致迷失方向。

地狱与杀戮场的气息,从来吸引着猎犬;此刻,群狗齐向科佩斯布里克进发。由它们开路,我们迅速站稳了脚跟,轻而易举地节节推进。间或有禽鸟猛力振翅,飞离树梢的鸟巢。火把的光亮中,一群群蝙蝠无声地盘旋。

没过多久，我就认出了空地旁的小山，映着微弱的火光。我们停下脚步，又听到人声传来，但不似先前沼泽地里那般扬扬得意。看起来，守林人各部业已就位，准备守卫森林；而按贝洛瓦的打算，先前怎样消灭那伙流氓，现在便也怎样对付守林人。他拉出灵猩排成一排，像要让它们赛跑；一声令下，群狗就如闪光的枪弹般射入夜色，呼呼喘息着穿过灌木丛。这时，对面忽然响起哨声，随后是一阵长嗥，仿佛群鬼狩猎的魔王①亲自现身迎敌。最高林务官在狗舍中驯养血猩，与我们的灵猩劈面撞上。

佛尔图尼奥提起过这些残暴的猎犬，说它们如何凶猛强壮，听起来近乎传奇。血猩由林务官自古巴獒犬培育而来，那是一种红毛黑面的狗。很久以前，西班牙人就训练古巴獒犬撕咬印第安

---

① 按照欧洲一些民族的神话，圣诞期间，众亡灵会在天空中狩猎，其率领者在不同神话版本中身份不同，如北欧版本常将奥丁视作群鬼狩猎的统领。

人,但凡存在奴隶与奴隶主的国家,西班牙人就引入这类猎犬。当初,牙买加黑人武装暴动,原本已获成功,但镇压者借助古巴獒犬,将黑人重又赶回枷锁之中。据说此狗外表极其可怕,起事者对铁与火浑然不惧,可奴隶追捕者携獒犬一登岸,他们就纷纷投降了。血猩的首领名叫"红布",最高林务官对它极尽钟爱,因为它是血猩贝塞利约①的直系后代,这个不祥的名字,与古巴的沦陷密不可分。贝塞利约的主人是西班牙军头目哈戈·德·塞纳兹达,据说他曾命贝塞利约将印第安女俘活活撕碎,只为使宾客一饱眼福。人类历史中,有些节点反复出现,在节点上,历史眼看便要堕入恶魔的掌控。

听到对面可怖的嗥叫,我们心里明白,不待我方派出增援灵猩就必定全军覆没。它们都是纯种

---

① 贝塞利约为一条西班牙猛犬,十六世纪上半叶,西班牙人殖民古巴,据说贝塞利约在殖民者与当地印第安原住民的战斗中屡建功勋。

猎犬，宁肯战死也绝不后退的，这样只会死得更快。敌方的血猩呼啸过后，开始作战；它们不再吠叫，只顾贪婪地咬噬皮肉，灵猩清亮的吠声则伴着呜咽，归于沉寂。

眼看这群高贵的生灵转瞬间惨遭屠戮，老贝洛瓦怒不可遏，连声咒骂，却不敢再派出獒犬，这叵测的牌局中，獒犬可是我们手上最大的牌了。老人转而呼唤仆役，要他们做好战斗准备；仆役手蘸天仙子烧酒，来回摩擦巨犬的胸脯和嘴唇，又把带刺的皮带套在它们颈部，充作防护。另一些人则将火把插到枯枝间，好腾出手来作战。

这些都不过是眨眼间的事。我们刚准备停当，血猩就风暴般猛扑过来。它们突破黑暗的灌木丛，跃到我们周围，这里的火把亮如炭火。领头的正是"红布"，颈间一排明晃晃的利刃，组成扇形。它压低脑袋，淌着口水的舌头扫过地面，两眼放光，自下而上地窥视。远远便见它露出白亮的利齿，一对下牙突出上唇，好似野猪的獠牙。这头怪物体形庞大，跳起时却格外轻盈；它舞蹈般横向蹿跃，仿佛力量过剩，根本不屑直线攻击我们。它身后火把明亮，黑红两色的血猩群现出了身形。

见此情景，众人一片惊叫，大声呼唤獒犬。老贝洛瓦忧心忡忡地望着他的猎犬，但那群骄傲的生灵目光锐利，直视前方，耳朵高高竖起，毫无惧色地扯动着系绳。老人朝我笑了笑，发出指令，黄犬立刻扑向红犬，宛如离弦之箭。"狮齿"一马当先，直奔"红布"而去。

巨树下火光通明，咆哮声、欢叫声响作一片，好似群鬼狩猎，热腾腾的杀气四处弥漫。群狗黑色的身影在地上翻滚撕扯，另一些猎犬则相互追逐，远远围着我们奔跑。空气中充满杀戮的怒吼，我们试图插手，可既要用刀枪击中血猩，又不能伤到獒犬，委实不易。只有趁追逐双方如旋转木马般绕着我们打转，方能瞄准单只猎犬加以射击，好似猎杀野禽。此时就发觉，我先前虽非有心，却选中了最佳的武器。银色准星上方一出现血猩的黑面孔,我便扣动扳机,确信这一枪打出,那只狗定会直直倒在火中,再不动弹。

可对面也是枪火闪动,显然,敌方同样在射杀追逐的獒犬。这样一来,混战就如同一场狩猎,围绕两个开火点形成椭圆形,巨犬在椭圆的短轴上搏斗。火把一旦坠地,干枯的灌木丛便冒出烈焰;随着战斗推进,火柱条条腾起,将追逐路线照得通亮。

不久便能看出,獒犬较血猩更胜一筹,咬力虽并不占优,体重和攻击力却都在对手之上。然而血猩拥有数量优势,且似乎源源不断投入战场,我们渐渐无力支援獒犬。血猩经过精心训练,喜好攻击人类,最高林务官把人类称作最好的猎物;终于,獒犬数量不足了,我们开始担心自身的安危,无法凝神观战。黑暗的灌木里,火堆的浓烟中,不时蹿出一只血猩,扑向我们,引起一阵惊呼。此时必须立刻开枪,将它射死在蹿跃中途。但有些血猩,仆役要用铁扦才能抵挡,更有一些已贪婪地扑

Auf den Marmorklippen

到人身上,全靠老贝洛瓦嗖嗖挥舞双刃斧,将其砍死。

我们的防线开始出现缺口,众仆役的叫喊也更显高亢、焦躁;这般情形下,即便轻声啜泣,也预示着绝望降临。呼喊声中,又交织着犬吠与枪声,还有火焰噼啪作响。这时,冷杉林中响起一阵大笑,宛如咆哮,向我们宣告,最高林务官亲自参战了。这人类猎杀者前来巡视猎区,笑声中透出可怖的和蔼。有些大人物,若是遭遇抵抗,反倒会兴高采烈,最高林务官便在此列。他生来就是令人恐惧的。

乱斗中,我逐渐激动起来,觉得越来越兴奋。与以往一样,昔日格斗教师范·柯克霍芬的面容,陡然浮现于我脑海。那是个矮小的佛兰德人,蓄着红须,曾训练我步战技能。他常说,一次精准的击发,胜过十次仓促的乱射。他还叮嘱我,倘若战斗中恐惧蔓延,就伸直食指,静静吸气,谁能调整好呼吸,谁就所向无敌。

就这样,我想起柯克霍芬来——真正的教诲无不关乎精神,困境之中,良师的形象能够予人支持。就像当初身在北方,面对靶架时一样,我暂停作战,缓缓地深呼吸,立即感到视野清晰起来,胸口也不那样压抑了。

战局渐转不利,最糟的是烟雾弥漫,不断缩小我们的射击范围。众人只得各自为战,四周景物一片朦胧,血猩跃出攻击的地点也愈来愈近。不止一次,我看到"红布"从不远处掠过,可刚想举枪瞄准,那狡猾的怪物就躲了起来。一时间,猎手的本能涌上心头,我渴望杀死最高林务官的爱犬。一股浓烟淌过眼前,像宽阔的溪流,"红布"又一次消失在烟雾中;我为杀心诱使,跳跃着紧追而去。

二十五

浓烟滚滚,似乎有那么几次,我隐约窥见了那头怪物,但它奔跑极快,我始终无法好好瞄准。而且纷乱中,我还为错觉所惑,最后只得在不知何处停下脚步,侧耳谛听。突然,我听到一阵沙沙的响动,或许是那猛兽转过弯来,要从背后袭击我。为了自卫,我单膝跪地,平端猎枪,背靠一丛荆棘作为掩护。

这种时候,人眼常会注视微小之物;在跪地处的枯叶堆里,我看见一株小草开着花,仔细一瞧,发现正是那朵红花头蕊兰。可见这个地点,定是我上次与奥托同来之处,即科佩斯布里克的山顶附近。我稍走几步,确实来到了山顶,它犹如一座孤岛，耸立于烟雾之上。

从山脊上放眼望去，科佩斯布里克的空地映着微光；但我发现远方的密林深处冒出火光，不由转过眼去。只见一座城堡矗立火中，有雉堞，有圆塔，小巧玲珑，仿佛由红色金丝织就。记得在佛尔图尼奥的地图上，城堡标注为"南邸"。那冲天大火表明，侯爵与布拉克玛一定曾攻至行宫台阶上；与所有人一样，目睹英雄壮举的成果，我不由喜上心头。可就在这时，我想起最高林务官得意的狂笑，忙把视线转向科佩斯布里克。这一下，我看见了可耻之极的景象，顿时脸色煞白。

烈火照亮了科佩斯布里克，火焰虽未熄灭，却已覆上一层白灰，有如银色穹顶。剥皮屋大门敞开，立在火光里，山墙上的骷髅也映得通红。炉灶四周的地面遍布脚印，这恶魔巢穴内也留下诸多痕迹，这些我不愿细述，但可以推测，众鬼魂曾在这里举行骇人的庆典，余光仍残留于此。我们凡人眼见群鬼欢腾，只能屏住呼吸，仿佛透过罅隙，向内窥看。

我只想述说一点:这里悬挂的头骨年深日久,早已剥皮去肉,可其中却有两颗新的头颅,高高插在长杆顶上——那分明是侯爵和布拉克玛的首级。铁质杆头上伸出弯钩,两颗脑袋便从那里俯视火光,火焰翻动着,逐渐转为白灰。年轻侯爵的头发已然全白,可在我看来,他的面容较生前更为高贵,显出至高无上的美,惟有历经苦难,方能催生这般绝美。

见到这一幕,我不禁热泪上涌;泪水里虽有悲恸,却也含着美妙的欢欣。这惨白的假面上,剥下的皮肤片片垂落,它自行刑柱高处俯瞰烈火,挂着至为甜美、至为愉悦的笑影。可以想见,这一天,孱弱逐渐从这高贵者身上剥落,好比一位乔装乞丐的国王,慢慢褪去破衣烂衫。寻思至此,我心头一阵战栗,忽然明白,侯爵不曾辱没他的先祖,那些降妖伏魔的勇士;他杀死的,乃是自己胸中恐惧的恶龙。昔日我时常怀疑的一点,如今可确信无疑了：我们中间，依然不乏高贵的人，他们心中，长存着对伟大秩序的认知，并且终获印证。崇高的榜样自然引人追随，面对这颗头颅，我立下誓言：从今往后，我宁肯与自由者一起孤独战死，也不愿同奴仆一道欢庆胜利。

和侯爵相反，布拉克玛的面容与生前毫无二致。他高踞长杆顶端，俯瞰科佩斯布里克，含讥带讽，又略显厌恶，神情强作镇静，好像一个人明明剧烈抽搐，面上却要装作不动声色。布拉克玛生前佩戴单片眼镜，倘使他此刻仍然戴着，我也不会多么吃惊。他的头发依旧乌黑闪亮，"毛里塔尼亚"会员人人随身携带毒药，我猜测，他应该是及时服了毒。那是一种彩色玻璃制成的胶囊，通常置于指环中，危急时也可藏入口腔。这时只需轻轻一咬，就能碾碎胶囊，释放出其中的剧毒。在"毛里塔尼亚"用语中，这一程序称为"三审上诉"，与三级暴力相应，符合协会关于人类尊严的理念。按照这一理念，谁若忍受卑劣的暴力，便是有失尊严;协会希望,每个"毛里塔尼亚"会员都应随时准备赴死。这便是布拉克玛的最后一次探险。

我怔怔地盯着眼前的场面,不知过了多久,仿佛置身于时间之外。与此同时,我坠入一个清醒的梦境,忘记了危险迫近。这种状态下,人穿行于险境,如在梦中,毫不谨慎,却接近事物的精神实质。我正是梦游一般,踏上了科佩斯布里克的空地,景物历历可见,却并不在我身外,恍若醉乡中的情形。一切都如此熟悉,仿佛童年所见,周围古树上,到处挂有白森森的骷髅,凝望着我,似在探询。射击声在空地上呼啸,有弩箭低沉的嗡鸣,也有尖锐的枪声。飞箭和子弹贴身掠过,吹动我的鬓发,但我只当那是一阕低沉的曲调,伴随在我身旁,丈量着我的脚步。

银色弹光中,我走到那恐怖的所在,弯下插有侯爵首级的长杆,伸出双手,从铁质杆尖上捧下头颅,放入皮包。我正跪在地上忙碌,肩头突然遭到一记重击,想必是中了弹。可我并未感觉疼痛,也不见皮衣上渗出血迹,只是右臂无力地垂落下来。我如梦方醒,环顾四周之后,携带这珍贵的战利品,快步赶回林中。既已无法用枪,我便把猎枪丢在红花头蕊兰处,目不斜视,奔向一度离开的战场。

这里一片死寂,火把也已熄灭。只有过火的灌木丛中,还闪出一星红光。借着这点微芒,我看到漆黑的地面上,横着战士与猎狗的尸体,残缺不全,撕得七零八落,其状可怖。贝洛瓦躺在死尸中间,紧靠一棵老橡树的树干。他的脑袋劈开了,喷出的鲜血染红了白须。他身旁放着双刃斧,右手仍然紧握宽刃匕首,两件武器同样血迹斑斑。忠实的"狮齿"卧在他脚边,皮毛完全为刀枪撕碎,垂死之际,还舔着主人的手。老人作战极为英勇,在他四周,人与狗横作一圈,全都遭了屠戮。他殒命于纷乱的追猎,可算死得其所;彼时,红色的猎手在林间穿梭,追逐红色的猎物,死亡与快感深深交缠。我长久凝视着亡友的眼睛,左手捧起一把泥土,撒在他胸口。他欢庆了母神①那狂野嗜血的盛典,这样的儿子,定能蒙她垂青。

---

① 又称地母或大地女神,远古神话及早期崇拜中掌管大地丰饶、诞育众神的女神,存在于世界众多文化体系。

二十六

要从黑暗的密林返回草原,只需遵循来时所留的记号。我沿白垩小径行走,一路沉思。

屠杀发生时,我竟身处死者近旁,着实怪异,我将这视作一种象征。幻梦的魔力依旧束缚着我。对我而言,这样的状态并非全然陌生;早先有些日子,死神近在咫尺,那些夜晚,我也有过类似体验。这种时候,精神力量会使人稍稍脱离躯体,仿佛与自身同行。但此刻在林中,我感到这团细线松解开了,往日的体会从未如此深刻。我跟随白色记号前进,如在梦中,眼前的世界如乌木一般,闪动深色光泽,映出一个个象牙小人。就这样,我又穿过剥皮角旁的沼泽,在高大的白杨附近,进入平原地带。

这里火光冲天,可见事态不妙,我一见之下,倍感惊恐。草原上也一团忙乱,更显出险恶,众多人影从我身旁匆匆闪过。这其中,或许有逃脱屠杀的仆役;但许多人似乎喝醉了酒,怒气冲冲,我便并未出声呼喊。我又看到一群人挥舞火把,说着皮库希尔帮的黑话。有些人身上背满赃物,快步奔回森林。红牛树丛中火光通明,女人的嘶喊与欢宴的狂笑混在一处。

我心头充满不祥的预感,急忙向农庄赶去,远远就望见,连索姆博尔和他的手下,都已遭了林中歹徒的毒手。富庶的农庄烈焰熊熊,大火已掀去了屋宅、畜栏和谷仓的屋顶,"萤火虫"们一边怪叫,一边围着火焰跳舞。众人忙于劫掠,有的割开床铺,当作口袋塞满赃物;有的痛饮酒窖里的佳酿,他们砸破了酒桶盖,用帽子接酒喝。

这群凶手心醉神迷,只顾大快朵颐,这情形倒对我有利,我像梦游一般,从他们中间直穿而过。

暴徒被烧杀和醉意迷了眼睛,行动好似浑浊池底的生物。他们从我身畔擦过,其中一人捧着一顶盛满烧酒的毡帽,朝我双手举起,见我不肯接受他的致意,只好悻悻而去,口中骂骂咧咧。我毫无阻碍地穿过了人群,仿佛拥有《圣经》里践踏蝎子的能力①。

离开农庄残垣后,我注意到一项状况,心中越发惊骇:身后的火光似乎渐趋黯淡,但不是因为距离遥远,而是由于眼前的天穹上,升起了一种新的红光,比先前更为可怕。草原这一带也并非空无人迹,牲口和牧民正四散奔逃。更要紧的是,我听到远处传来血猩的吠叫,且像是愈来愈近。我加快脚步,走向那可怖的火环,心中也不免忐忑。我已经望见了漆黑的大理石悬崖,它巍然屹立,宛若熔岩海边的黑礁。我急速攀上陡峭的崖顶,背后

---

① 参见《路加福音》第 10 章第 19 节:"我已经给你们权柄可以践踏蛇和蝎子,又胜过仇敌一切的能力,断没有什么能害你们。"

犬吠声不绝于耳。曾几何时,我们伫立崖边,多少次饱饮这方土地之美,满心沉醉;可如今,此地却裹上了覆灭的紫袍。

火势凶猛,毁灭之彻底显露无遗,大湖沿岸美丽的古城,全都燃起末日之火,直蔓延到远方。一座座城镇火光闪烁,犹如一串红宝石项链,古城的倒影自黑暗的水底升起,微微荡漾。远远望去,村落与农庄也烈焰熊熊,山谷中,宏伟的城堡和修道院冒出条条火舌。火焰蹿入凝滞的空气,并无浓烟,好似金色的棕榈,树冠上洒落一阵火雨。芦苇丛中,飞起成群的鸽子和鹭鸶,身披红光,在这火花漩涡上方的夜空里高高翱翔。群鸟盘旋不休,待到羽毛为炽焰吞噬,便一头栽进大火,有如燃烧的灯笼。

悬崖上听不见一点声响,仿佛四周都成了真空;可怕的死寂中,壮观的火景不断扩张。我脚下不闻孩童的号哭,不闻母亲的悲泣,也不闻部族的战吼,不闻栏中牲口的嚎叫。一切毁灭的恐怖,升上悬崖的,惟有闪动的金光。遥远的世界一朝起火,便是如此充满覆灭之美,取悦着观者的眼睛。

就连自己口中发出的叫喊,我都全然未闻。只在心灵深处,我听见这烈焰世界噼啪作响,仿佛自己也身处火中。那声响何其微弱,而在我眼前,宫殿坍塌化作瓦砾,港口仓库的粮袋高高飞起,又光芒四射地炸开。紧接着,城门边高耸的火药库爆炸了,将大地一劈为二。钟楼上的大钟已有千年历史,钟声指引过无数生者与亡灵;此刻,它先是微微放光,随后愈来愈亮,终于坠下地来,将钟楼一并碾作齑粉。圆柱式神庙的山墙映着红光,手持盾牌长矛的神像从高高的基座上倾倒,无声无息地跌入火中。

面对火海,那如梦的僵滞感再度袭来,较先前更为强烈。在这种状态下,人可以同时遍览万千事物;我听见众猎犬不断逼近,身后跟着林中恶徒。狗群已接近悬崖边缘,"红布"低沉的咆哮断续传来,群狗纷纷嗥叫响应。可我心神恍惚,连脚都抬不起,想喊叫也发不出声音。直到狗群出现在视线之内,我才终于能够动弹,但方才的魔力并未消散。我似乎是悠悠飘下了悬崖的石阶,而后轻轻一跃,越过芸香隐庐花园四周的矮树篱。在我身后,密密麻麻的血猩一片喧腾,像群鬼狩猎一般,沿狭窄的石径紧追而下。

二十七

我一跳之下，半摔在百合花畦的软土上，花园中竟有光亮，很不寻常，令我吃了一惊。花丛与灌木映出蓝光，宛如瓷器上的纹饰，又被魔咒赋予了生命。

园子上方，兰普莎和埃里奥站在厨房前院里，望着大火出神。奥托身穿节日盛装，伫立在芸香隐庐的阳台上，倾听着石阶方向的动静；林中暴徒带领猎犬，急流般沿阶梯飞扑而下。他们像一群老鼠，紧贴树篱奔窜，举拳捶击花园大门。这时，我看见奥托微微一笑，将水晶小灯举到眼前审视，灯上，一簇蓝色火苗轻轻摇曳。养狗人打破了大门，深色的狗群发出欢叫，闯入百合花畦，"红布"

冲在最前面,颈上的利刃寒光闪闪;可奥托似乎浑然未觉。

情势危急,奥托却仍站在阳台上,做凝神谛听状,我只好提高嗓门唤他。但他好像并未听见我的呼喊,手举小灯,目不斜视,掉头走进了标本收藏室。他好似一位祭司长,毁灭降临时,他要为我们的心血献供,无从留意我身体的苦痛。

我转而呼唤兰普莎,只见她站在岩壁厨房门口,脸庞为火光照亮,交抱双臂,面带恼怒的微笑,露出牙齿,扫视着拥挤的入侵者。这副模样表明,绝不能指望她大发慈悲。只要我能与她女儿诞育后代,能挥剑杀敌,她就对我青眼有加;但在她看来,胜者人人可做女婿,弱者则个个当遭唾弃。

"红布"眼看要猛扑过来,就在此时,埃里奥出手相救了。喂蛇后,小银碗还留在前院,这孩子取过碗敲起来,用的不是平日的梨木勺,而是一支青铜叉子。一敲之下,银碗发出的声响好似大笑,人与狗一时都惊呆了。悬崖脚下的石缝开始震颤，随后，一种尖锐的嘶鸣充斥隐庐，比敲碗声响亮百倍。花园的蓝光里，陡然射出一道亮光，枪蝰闪电般涌出罅隙，像发亮的鞭绳一样游过花畦，逶迤前进，卷起一股花瓣的漩涡。接着，群蛇在地上组成一个金环，缓缓竖起身子，达到一人高。它们来回摇晃脑袋，好似沉重的钟摆，攻击前露出的利齿宛若玻璃弯管，闪烁致命的光芒。伴着这舞蹈，轻微的嘶嘶声穿透空气，仿佛钢铁在水中淬火；花畦上蛇鳞相碰，嗒嗒作响，声音微细，听起来如同摩尔①舞女手中的响板。

众恶徒置身这场轮舞之中，吓得呆若木鸡，眼珠暴突。格里芬的身体竖得最高；它把脖颈鼓作一面闪亮的盾牌，在"红布"面前左右摇摆，又回旋盘绕将其包围，仿如嬉戏。猛犬跟随它舞蹈般的律动，浑身颤抖，毛发直竖。而后，格里芬似乎

---

① 摩尔人指信奉伊斯兰教的北非柏柏尔部落，公元八世纪与阿拉伯人一同征服伊比利亚半岛大部，占据半岛达数世纪之久。

在它耳边轻轻擦过,那血猩便爆发出濒死的抽搐,咬烂了自己的舌头,在百合花丛中打起滚来。

这是向起舞的群蛇发出了信号,它们像一只只金环扑向猎物,互相之间交缠紧密,乍看上去,只有一条覆满鳞片的蛇身缠绕住人与狗。这鼓胀的大网中,似乎也只有一声垂死的哀嚎传出,立时便为剧毒扼杀。闪光的大网随即松解,群蛇静静地蜿蜒而去,重又钻入石缝之中。

花畦上遍布发黑的尸体,中毒肿胀。我站在那里,抬眼朝埃里奥望去,见兰普莎骄傲又温柔地领着他,一同走进厨房;他微笑着对我挥挥手,石门嘎吱作响,在他身后合拢。我忽然觉得,体内的血流畅通起来,先前束缚我的魔力也已消退,右手又能活动自如了。我忧心奥托,急忙冲进芸香隐庐。

二十八

我穿过藏书室,见书籍和手稿排列严整,仿佛主人即将出门远行。大厅里的圆桌上摆着家神像,还精心供奉了鲜花、醇酒和祭品。大厅本身也布置华美,狄奥达骑士所赠的长烛光辉夺目。这般庄严陈设,令我油然而生恋家之情。

我欣赏着奥托的杰作,这时,他步出了楼上的标本收藏室,任凭房门大开。我们紧紧相拥,诉说各自的险遇,一如当年作战间隙。我讲述了发现年轻侯爵头颅的经过,却又从皮包里取出那战利品,奥托神情肃穆,继而落下泪来,脸上透出奇异的光彩。我们取了祭品旁的酒,洗去头颅上的血迹和临终的汗水,将它放入一个大香瓶,瓶中装有白百合与设拉子玫瑰的花瓣,闪闪发亮。奥托斟上两杯陈酒,我们洒酒祭奠之后,把余酒一饮而尽,再将杯子掷在炉底摔碎,以此辞别芸香隐庐,随后满含悲伤,出门而去。长久以来,这所屋宅已成为我们的温暖家园,寄托了多少精神生活、兄弟情谊。然而世间一切居所,终究都必须作别。

我们抛弃家产,匆匆穿过花园大门,向港口赶去。我双手捧着香瓶,奥托则怀抱镜子和小灯。到了拐弯处,小径没入群山,通往月之圣母修道院;我们再度驻足,回望隐庐。它静卧在大理石悬崖的阴影里,雪白的墙,宽阔的石板瓦屋顶,映出远处的幽幽火光。露台与阳台好似深色丝带,环绕着浅色外墙。这一带是美丽的山谷,南坡上筑有民居,均按此样式建造。

我们凝望着隐庐,见它的窗户骤然亮起,山墙上冒出一股火焰,直蹿到崖顶边缘。火焰呈深蓝色,与尼格罗蒙丹之灯的火苗同色;顶端为锯齿形,犹如龙胆花萼。我们眼看多年的研究成果付之一炬，与房屋一同化为灰烬。可是这尘世间，本就不该奢求完满，倘若一个人的意志存乎奋斗之中，且并未造成太大痛苦，那他就堪称幸运了。一切屋宇、一切谋划，无不以毁灭为基；而我们心底永恒不灭之物，也并不存于作品之中。火光里，我们领悟了这一点，然而火光也含着喜悦。我们抖擞精神，沿着小径赶路。天色未明，但葡萄园与岸边草地上，却已升起清晨的凉气。恍惚间还觉得，天上的烈火褪去了几分凶险，与曙光融作一处。

山坡上，月之圣母修道院也被大火包围。火舌蹿上了钟楼，楼顶的金质丰饶角①原本随风摆荡，充作风标，此时也灼灼放光。饰画圣坛旁的高窗已然爆裂，朗普洛斯神父站在空荡荡的窗框里，身后烈焰腾腾有若火炉。我们急奔到修道院的沟渠边，想要叫他。神父身披华丽的法衣，面露微笑，那笑容明亮而又陌生，平日他身上令人生畏的

---

① 希腊及罗马神话中的羊角，装满鲜花水果，象征丰裕富饶。

僵滞，仿佛已消融于烈火之中。他似乎在凝神谛听，却并未听见我们的呼唤。我从香瓶中取出侯爵的头颅，用右手高高托起。看到头颅的模样，我们吓了一跳，湿润的酒汁吸收了玫瑰花液，使头颅泛出暗紫色的华光。

可待我举起头颅，我们却为另一幅景象所吸引——修道院的花窗里，突然放出了绿光，圆形的窗拱依旧完好，奇怪的是，这形态似曾相识。当初在修道院花园里，神父曾引我们观察一株车前草，它的形状，与眼前的花窗如出一辙。那次观赏隐含的意义，如今终于揭晓了。

我朝神父伸过头去，这时，他将目光转向了我们，缓缓举起一只手，半像问候，半像指示，好似祝圣仪式，戒指上硕大的玉髓在火光中闪烁。他似乎用这手势发出一个信号，蕴藏着可怕的力量，顷刻间，花窗炸裂四溅，冒出金色的火花，窗拱砸落下来，钟楼和丰饶角也如山岳般齐齐坍塌，将他掩埋。

二十九

城门已经倒塌,我们踏着废墟前行。街道上遍布断壁残垣,四处都是焚烧后的瓦砾,里面散落着死尸。寒烟起处,一片凄凉,但我们心头却生出新的希望。早晨一到,总有办法可想;长夜过后,天光复明,在我们看来已是再好不过。

满目疮痍之中,旧日的纷争悄然淡去,就像回忆里的一场烂醉。所剩的惟有不幸,战士已经抛弃旗帜与徽标。虽还有些暴徒在小巷中打劫,但雇佣兵已两人一组开始站岗。在"兽笼"要塞旁,我们遇见了比登霍恩,他摆出大人物的架势,为佣兵分派岗位。他站在广场上,身穿金色胸甲,但没戴头盔,自夸已将圣诞树装饰完毕;这话的意思是，他派兵胡乱抓了些人，将他们吊死在城墙边的榆树上。他恪守军队传统，骚乱期间，始终躲在工事背后，如今全城化作焦土，他便现身来扮演救世主。除此之外，他的消息也十分灵通，"兽笼"的圆塔上，已飘起最高林务官的旗帜，绘有红色的公猪脑袋。

看起来，比登霍恩痛饮过一番；我们遇到他时，他心情极佳，带着些许辛辣，这种脾性使他大受佣兵爱戴。他全不掩饰愉悦之情，认为这一下，大湖边的作家、诗人和哲学家可有罪受了。他既憎恨知识的醇香，也厌恶葡萄酒，厌恶其中的灵智。他喜好的是浓烈的啤酒，产自英国与荷兰，在他眼里，大湖民众尽是些爱吃蜗牛的货色。他蛮力出众，又嗜好饮酒，坚信世上不论何种怀疑，只消痛打一顿就能解决。这方面，他与布拉克玛颇为相似；但他蔑视理论，心智还是远较后者健全。他为人豪爽，胃口又好，我们倒还尊敬他，尽管他不适合掌管大湖地区，可既然有人找头公羊硬充园丁，该谴责的就不是羊本身了。

有些人清早饮酒，记性便大有长进，幸运的是，比登霍恩恰在此列。这样一来，我们就不必提醒他，当年在隘口前，他同麾下的骑兵一度陷入苦战。他摔到地上，高原的自由农民已开始动手剥他的铠甲，就像盛宴上，食客剥开烤得金黄的龙虾壳。除草的铁钩顶得他脖颈发痒，就在这时，我们率领紫衣骑兵团，为他和部下的佣兵清出一片战场。正是这次行动中，我们俘虏了小安斯加。而且自从"毛里塔尼亚"时期，比登霍恩便与我们相识；这段旧情大有助益，我们请求他拨一艘船，他一口答应。可见灾难降临之日，也是"毛里塔尼亚"会员活跃之时。港中泊有比登霍恩的双桅小帆船，他让我们乘坐此船，还派了一队佣兵护送我们。

通往港口的街道上挤满逃难者。然而，似乎并非人人都想逃离城市，我们看见，神庙废墟上升起了燔祭的青烟，教堂残垣中则飘出歌声。圣家

小教堂紧邻港口,那里的管风琴并未损毁,宏大的琴音里,教众齐声歌唱:

> 王公贵胄,亦属凡胎,
> 大限既至,复归尘埃;
> 功名利禄,浮云过眼,
> 荣华散尽,坟墓洞开。
> 凡尘四顾,无人施救,
> 但乞我主,慈悲为怀。

众人携带仅剩的财产,在港口中拥来挤去。驶往勃艮第和高原的帆船人满为患,船员每用长篙将一艘船撑离码头,身后便响起震天的悲鸣。一片凄惨之中,比登霍恩的帆船拴在黑红黑三条纹的系缆桩上,轻轻摇晃,仿佛神圣不可触碰。船身漆成深蓝色,铜制的护板,熠熠闪光;我下令起航,船员便揭去长椅上的盖布,露出底下的大红皮垫。众佣兵手举长矛,阻止人群靠近,我们则尽力将妇女儿童接上船来，到了最后，甲板高出水面不过一掌。船员们划起桨来，把船驶出城墙环绕的内港，一到港外，立刻拂来一阵清风，将我们送往高原的群山。

晨间的寒意犹未散去，湖面宛如青绿的玻璃，涡流涌起，波纹荡漾。朝阳却已升至雪山之巅，低地的雾气中，大理石悬崖巍然显现，光辉炫目。我们回望着悬崖，伸手拂掠湖水；阳光下，水面已化作蓝色，仿佛有暗影自湖底上浮。

我们小心看护着香瓶，一路随身携带，尚不知晓那颗头颅的命运。后来，基督徒在大湖边的废墟上重建大教堂，那些人从我们手中接过头颅，将它嵌入了新教堂的地基。

但在那之前，在逊美拉家族祖居的城堡中，奥托为头颅吟唱了象牙歌。

三十

火光冲天之时,高原上的男子便已开赴边界地带。所以我们尚未登岸,就看见小安斯加站在岸边,欣喜地朝我们挥手。

安斯加派人知会他父亲,我们与他的随从一起休憩片刻,而后徐徐上坡,前往山谷的农庄。到了山口前,一行人驻足于宏伟的英雄冢旁,也盘桓于原野上低矮的墓碑间。途中还经过一处关隘,当初正是在此处,我们解救了比登霍恩及其佣兵。在这里,安斯加再度与我们握手,并说从今往后,他但凡能分割的财产,都有我们的一半。

中午时分,我们望见了农庄,古老的橡树林环绕庄边。一见之下,我们恍如重返家乡;庄中屋顶低垂，掩蔽着谷仓、畜栏、人居，正像我们北方的故土。宽阔的山墙上，也有马头装饰熠熠生辉。庄门大开，打谷场上阳光闪烁。牲口从食槽上探出头来，望着打谷场，这天，它们角上都缠了金色装饰。大厅里布置一新，男男女女围作一圈，在厅前等候，老安斯加步出人群，前来迎接我们。

我们走进敞开的大门，仿佛回到祥和的祖宅。

译后记

恩斯特·容格尔①历来是德语文坛最具争议的作家之一，褒之者如海德格尔认为他"在观看真实事物的坚决性上，超越了当今所有'诗人'（即作家）和'思想家'（即哲学学者）"，堪称"尼采惟一的继承者"②；贬之者如托马斯·曼则将其斥作"野蛮主义的开路先锋和冷漠的享受者"③。容格尔1895年3月出生于海德堡，1998年2月在里德林根去世。在跨越百年的人生中，他先后以

---

① 又译"云格尔""荣格尔"或"荣格"。
② Heidegger, Martin: Zu Ernst Jünger. Gesamtausgabe Bd. 90, hrsg. von Peter Trawny. Frankfurt a. M. 2004, S. 227, 265.
③ Mann, Thomas: Briefe 1937—1947, S. 464, zit. nach Schöning, Matthias (Hrsg.): Ernst Jünger-Handbuch. Leben-Werk-Wirkung. Stuttgart 2014, S. 401.

军人身份参加第一次和第二次世界大战，一度与德国右翼新民族主义及保守主义革命关系密切，曾支持过国社党的部分理念，后来又与其渐行渐远。战后，德国学界对容格尔的评价几经起落，近年来兴趣和认同度逐渐增加，容格尔也先后获得歌德奖、洪堡协会金奖、巴伐利亚马克西米利安科学与艺术勋章等重要奖项。国际学界也对容格尔颇多赞誉，尤其是法国、意大利、西班牙等国，不仅翻译其诸多作品，还向他颁发了多个文学奖项。

1939年2月，容格尔在博登湖畔的于伯林根动笔撰写小说《在大理石悬崖上》，同年7月底在汉诺威附近的基尔希霍斯特完成写作。仅仅一个多月后，德军入侵波兰，欧洲随即陷入战乱，容格尔也以一战老兵的身份应征入伍，并于1941年至1944年间在巴黎担任占领军军官。布鲁门伯格（Hans Blumenberg）就指出过《在大理石悬崖上》出版年份的特殊意义，认为1939年阅读该作品的人，都不会忘记容格尔何等精确地命中了那个

"时点"。① 诞生时代与作者身份两重特殊性叠加,造就了这部小说的独特性和争议性。

《在大理石悬崖上》常被视为充满象征色彩的寓言小说,一方面,书中诸多元素都隐隐与现实关联;另一方面,作者从未言明故事发生的确切时间、地点,书中虽出现了汽车、猎枪、火药,人物却时常骑马挥剑,以冷兵器时代的方式作战。这种有意为之的模糊和错位连同大量神话元素的运用,使小说摆脱了具体历史情境的束缚,获得超越时代的寓意,也因此具有多重解读可能。关于这个问题,容格尔本人的表述也前后矛盾:在小说出版前夕致施米特(Carl Schmitt)的信中,他表示这部新作"隐含了我们时代的一种观点"②,后来回忆当年,他也提到此书内容因可能触怒当局而

---

① Vgl. Blumenberg, Hans: Der Mann vom Mond. Über Ernst Jünger. Frankfurt a. M. 2007, S. 40.
② 恩斯特·容格尔:致卡尔·施米特信件,1939 年 9 月 13 日。载赫尔穆特·基泽尔编:卡尔·施米特/恩斯特·云格尔书信集:1930—1983 年,郭金荣译。上海,2014 年,第 130—131 页。此处:第 131 页。

"攸关生死"①;但在另一些场合,他则多次否认该书具有现实相关性。② 以读者视角,不难从小说的地点、人物、情节中看出现实对应,例如在地理方位上,以大理石悬崖为中心,向南依次为大湖和高原,向北则由平原过渡到密林,很容易令人联想起博登湖南北两岸的地形,容格尔从北岸"远眺博登湖和美因瑙岛,可以看到瑞士的山脉"③,景致与书中"我"所见的十分相似。小说中的人物身上也常能找到现实投影,例如一般认为,"我"的弟弟奥托的原型是容格尔之弟弗里德里希·格奥尔格(Friedrich Georg Jünger),当时两人共同居住在于伯林根的"葡萄园屋";从未正面登场的最高林务官常被认为是暗指第三帝国高层,如希特

---

① Jünger, Ernst: Autor und Autorschaft, S. 80, zit. nach Schnatz, Jörg:,,Söhne von Kriegen und Bürgerkriegen". Generationalität und Kollektivgedächtnis im Werk Ernst Jüngers 1920—1965. Würzburg 2013, S. 240.
② Vgl. Schöning, a. a. O., S. 143.
③ 恩斯特·容格尔:致卡尔·施米特信件,1937年1月18日。载基泽尔,同前,99页。

勒或戈林;而试图反抗最高林务官的逊美拉侯爵和布拉克玛,其原型则是年轻的海因里希·封·特罗特·祖·索尔茨(Heinrich von Trott zu Solz),他于1938年秋拜访容格尔,试图说服后者投身反希特勒政治活动,未获答允。1944年,索尔茨之兄亚当因参与刺杀希特勒遭到处决。然而正如索尔茨在小说里一人分身两角,虚构世界的人物和事件并非与真实世界严格对应,容格尔本人也反对将这部作品单一理解为影射小说:"尽管德国发生的事合乎它[1]的框架,但它并非专为那些事件量身定做。因此即便是现在,我也不把它看作倾向文学。无论昔时今日,都有人适用书中情形。"[2]

《在大理石悬崖上》面世后,不少评论者称之为"抵抗小说",更有读者将容格尔视作和平主义者及"战争狂热"的反对者。[3] 然而从上述分析来

---

[1] 指《在大理石悬崖上》一书。
[2] Jünger,Ernst:Jahre der Okkupation,S.255,zit. nach Schöning,a. a. O. ,S.143.
[3] Vgl. Schöning,a. a. O. ,S.407.

看,对真实历史的影射和隐喻固然构成了这部小说的一个面向,可解读作品时如果仅仅囿于这一种视角,则未免以偏概全。正如施纳茨(Jörg Schnatz)所言,读者自然可以根据容格尔的自身经历,将此书诠释为"抵抗寓言",但小说写作过程中的虚构化与象征化,却使其中包含的时代因素发生了质变。与其寻找虚构世界与现实的相似性,不如在这个世界里探求"另一种秩序的符码"。[1] 布鲁门伯格也指出,容格尔作为柏拉图主义者,终其一生都在追寻一种"世界秩序",他的许多作品都关乎世间万象的恒定本质。[2]《在大理石悬崖上》一书中,"秩序"与"永恒"两个概念确实频频出现,如主人公与奥托在钻研植物学的过程中发现,"自然元素之中有秩序统御",短暂无常的花草表象之下,蕴藏着"不易的永恒";而在最高林务官及其部属的破坏下,大湖地区的古

---

[1] Vgl. Schnatz, a. a. O. , S. 251—252.
[2] Vgl. Blumenberg, a. a. O. , S. 34—39.

老秩序终于崩溃,"无人得以幸免""恐怖戴上了秩序的面具,从此横行无阻"。灾难降临时兄弟二人寻求的"蜕化",则是经尼格罗蒙丹的镜与灯聚光点火,焚毁作为无常之物的肉身,以求达到"存留于无形""永恒不朽"的境界。故而在作者笔下,毁灭并不意味着全然消亡,而是通向"高处的厅堂"的钥匙,亦即通向永恒的更高存在的路径。主人公最终领悟到"我们并不会全然湮灭,而我们心中的至善至美,那卑下的势力无从侵染",象征精神与智慧的朗普洛斯神父更是直接点明,"毁灭之日,……必为生息之时",草木如此,著作如此,个人如此,土地亦复如此——及至小说末尾,不仅兄弟二人的多年心血付之一炬,连整个大湖地区都在大火中化为焦土。但在书中,火具有双重寓意,既代表毁灭,又预示苏生;[1]"我"一方面将大火场景描绘得有如末日,另一方

---

[1] Vgl. Schöning, a. a. O. , S. 148.

面却感到"火光也含着喜悦",并在满目疮痍中心生希望;事实上,书末的确暗示了大湖地区的未来:人们在废墟上重建教堂,并把英雄的头颅嵌入了新教堂的地基。由此可见,秩序与文明在毁灭殆尽后重获新生,正应了那句"人类的秩序近似宇宙,有时需经浴火,方得重生。"

这一毁灭—新生的过程中,暴力扮演了不可或缺的角色,因此小说美化和神化的不仅是毁灭本身,同时也是作为毁灭手段的暴力与死亡;这也成为容格尔此书时常为人诟病的一点。[1] 小说中的空间主要由三个区域构成,随着情节推进,暴力不断扩张,最终渗透到全部空间。这三个区域依次为大湖地区、平原和密林,剥离前文所述的现实关联后,它们分别代表了三种文明发展阶段:[2]大湖地区富庶美丽、生活闲适,具有悠久的文化和法制传统,体现出农耕文明成熟阶段的特征,同时也

---

[1] Vgl. Schöning, a. a. O., S. 147—148.
[2] Vgl. Schnatz, a. a. O., S. 252—253.

潜藏着停滞与衰败的隐患。平原为大湖和密林之间的过渡地带,以发展程度较低的畜牧文明为主,牧民部族凭借"粗蛮的荣誉感"热衷族间仇杀;各方势力在平原交相混杂,既有大湖地区的逃亡者,也有最高林务官所派的间谍。密林则完全处于林务官的掌控之下,这片"从未响起斧斫之声"的原始丛林作为与文明隔绝的化外之地,与林务官本人共同象征着"暴政与恐怖统治的永恒原则"[1]。摧毁原有秩序的暴力正是由此地发端,通过散播恐惧和流言,林务官逐步消解道德和社会规则,从平原到大湖,最终"只剩下纯粹的罪恶";这令人想起容格尔与海德格尔就虚无主义展开的探讨。在《超越线》一文中,容格尔提到了虚无主义对秩序体系的改造,使"那些起承载作用的理念及它的秩序规则与伦理道德都消失了或衰落了"[2],也

---

[1] Schnatz, a. a. O. , S. 264.
[2] 恩斯特·容格尔:《超越线》。载君特·菲加尔编:《海德格尔与荣格通信集》,张柯译。南京,2017年,第143—201页。此处:第155页。

认为在虚无主义的传播过程中,恐惧起到至关重要的作用。[1] 无论是林务官其人,还是崇尚技术理性、反文明反道德的"毛里塔尼亚"协会,都带有浓重的虚无主义色彩。除空间渗透外,小说的三个时间层面中,只有"我"回顾往事时所处的当下未受暴力侵袭,而其余两个层面,即兄弟二人参加紫衣骑兵团和"毛里塔尼亚"协会的岁月,及其后从卸甲归隐到进入密林与最高林务官作战期间,无不充斥着暴力的痕迹。暴力的使用者并非仅限林务官一方,作为其对立人物的兄弟二人同样采取了这一手段。勋宁(Matthias Schöning)因此认为,小说描述的不是和平与暴力之争,而是不同动机的暴力之争,或者说世俗与神圣两种暴力、死亡情结之争;[2]这一争斗在逊美拉侯爵殉道般的神化之死中达到高潮。

---

[1] 恩斯特·容格尔:《超越线》。载君特·菲加尔编:《海德格尔与荣格通信集》,张柯译。南京,2017年,第143—201页。此处:第149页。

[2] Vgl. Schöning, a. a. O. , S. 146.

本书翻译过程中，得到恩师魏育青教授的悉心指导，在此深表感谢。拙译得以出版，要归功于人民文学出版社欧阳韬老师的大力帮助，这里一并致以衷心的谢意。

　　容格尔在不少作品中都喜好使用旧词，[1]本书亦不例外。小说中还频繁出现动、植物学术语及各种西欧语言，并杜撰了一些"典故"，给翻译工作造成了一定困难。由于译者水平有限，译文中肯定还存在不足之处，还望读者指正。

秦文汶

2018年2月

---

[1] Vgl. Gloning, Thomas: Ernst Jüngers Aufzeichnungen und ihr Wortschatz-Profil. In: Hagestedt, Lutz (Hrsg.): Ernst Jünger. Politik-Mythos-Kunst. Berlin 2004, S. 145—165. Hier: S. 158.